「やっ、乳首だめっ」
「だめじゃないじゃん
こんなに感じてて」

禁忌を抱く双《ふた》つの手

花丸文庫BLACK

藍生 有

禁忌を抱く双《ふた》つの手　もくじ

イラスト／鵺《ぬえ》

都心ターミナル駅から、快速で約三十分。改札口がひとつしかない郊外の駅は、金曜日の午後三時という時間もあってか閑散《かんさん》としている。

戸川多希《とがわたき》は、改札を出たところで足を止めた。ボストンバッグと紙袋を手に、周囲を見回す。三年ぶりに見る駅前はロータリーが整備され、まるで知らない場所のようだった。

どことなくよそよそしくなった駅前を抜《ぬ》け、北へ向かって歩き出す。

春風が髪を乱すのを構わず歩くこと、約十分。昔よく利用したコンビニが、学習塾に変わっていた。その看板を横目に角を曲がれば、見慣れた風景が目に入ってくる。

屋根の色でしか区別できないほど似通った家が、ずらりと建ち並ぶ。どの家も記憶よりも少し古ぼけてしまった気がする。

通りの真ん中に緑の屋根を見つけた途端《とたん》、足が重くなった。一歩踏み出す度に、気持ちが沈《しず》んでいく。

帰ってきてよかったのだろうか。

頭の中に浮かぶ不安を打ち消そうと速足になり、戸川という表札の前に辿《たど》りついた。表札に残っている自分の名前が、どうしようもなく胸をざわめかせる。

チャイムを鳴らす。しばらくして、内側からドアが開いた。

「ただいま」

その一言を口にするには、勇気が必要だった。そのせいか、声は妙《みょう》に上ずった。

「おかえりなさい。久しぶりね、元気だった？」

迎えてくれた母親は花柄のエプロン姿だ。少し年をとっていたが、血色もよくとても元気そうに見える。電話では話していたものの、こうして顔を合わせるのは三年ぶりだった。

ボストンバッグを置いて、靴を脱ぐ。

「これ、お土産」

紙袋を渡す。中には空港で買った土産のお菓子が入っていた。

「あら、ありがとう。おいしそうね。冷蔵庫に入れとかなくちゃ」

甘いものに目がない母親は、紙袋から取り出した箱を手にキッチンへと向かう。

リビングのドアを開ける。そこは何も変わっていなかった。ソファにテーブル、サイドボードやテレビの位置もすべて、記憶のままだ。そして、この家特有のにおいも。この家は不思議なにおいがする。花のように甘く、どこか怠惰《たいだ》な香りだ。

サイドボードには家族の写真が飾ってあった。その横には茶色の犬の写真。今にもそこから飛び出してきそうな姿に目を細めてから、ソファに座る。

キッチンから戻ってきた母が、正面のソファに腰《こし》を下ろした。

「駅前は変わったでしょ。驚《おどろ》かなかった？」

「立派なロータリーになっててびっくりしたよ。あと角のコンビニ、なくなったんだ」

「そうなのよ。去年だったかしら。あら、今年だったかも」

母が首をひねった。はっきりとは覚えていないらしい。そんなものだろう、と多希は思った。もし自分がここにずっと住んでいたとしても、いつどこが変わったかなんて正確に覚えてないはずだ。

「とにかく、疲れたでしょ。お茶でも飲んで、少し休んで」

「ありがとう。でも先に荷物を上に置いてくる。部屋も掃除《そうじ》しなくちゃ」

「あなたの部屋は掃除しておいたわよ」

さも当然といった口調で、母が言ってくれた。

「ありがとう、助かる。じゃあ荷物だけ置いてくるね」

ボストンバッグを手に、玄関のすぐ横にある階段を上がった。

二階の廊下《ろうか》を挟《はさ》んで左側にあるのが、多希が使っていた部屋だ。ドアは開けっぱなしになっていた。窓も開いている。昔と同じ、緑のカーテンが風にそよいでいた。

フローリングの部屋には埃《ほこり》ひとつなかった。掃除をしてくれた母に感謝しつつ、ベッドしかない部屋の中央に立つ。こんなに広かったのかと改めて室内を見回した。

高校入学と同時にこの家に引っ越してきて、就職するまでの七年間をここで過ごした。それなのにどうしても、ここが自分の居場所という感覚は芽生えなかった。

壁に作りつけたクローゼットを開けた。数枚の衣服がかけられている。高校卒業時から体型が変わっていないので、そのまま着られそうな服ばかりだ。

一階から、お茶が入ったと母に呼ばれた。今行く、とこちらも大声で返す。そうしないとリビングに声は届かない。

廊下に出て、息を吐いた。緊張する必要はないと自分に言い聞かせ、リビングに戻った。再びソファに座る。どうにも落ち着かない。母の淹《い》れてくれたお茶を飲む。その温《ぬく》もりで、自分の体がひどく冷えていることに気づいた。

「多希が帰ってきてくれてよかったわ」

母が茶碗を手に微笑《ほほえ》む。

「お父さんが転勤になって、どうしようかと思ってたの。あの子たちも家のことができないわけじゃないけど、高校三年生でしょう。受験もあるから、心配で」

この春、札幌《さっぽろ》支社から東京《とうきょう》本社勤務になった多希と入れ替わるように、父が名古屋《なごや》へ転勤となった。

弟たちの状況を考えると父の単身赴任《ふにん》が妥当《だとう》だった。しかしタイミングよく多希が転勤になり、事情は変わった。母は月の半分を父の元で過ごし、残りをこちらに戻ってくるという生活をしたいと言い出したのだ。

自分が不在中の子供たちの世話を、多希にお願いできないか。母からその話を切り出された時、これで家に戻る理由ができたと思い、すぐに了承《りょうしょう》した。だが父は多希の負担になるからと反対し、自分が単身赴任でいいと譲《ゆず》らなかった。

その父は多希が説得した。昔から家事を手伝ってきたから平気、母と二人で生活してみてはどうか、と。弟は自分が責任持ってみるから安心してとも付け加えた。

それを聞いた父は、そこまで言ってくれるのかと電話越しに涙ぐんだ。ありがとうと震《ふる》える声で言われ、かえって恐縮した。嘘《うそ》をついていないのに、何故《なぜ》か胸が痛んだ。

「でも、お仕事は大丈夫なの？」

母がお茶を口にしながら尋《たず》ねてくる。

「経理に異動になってから、月末以外はそんなに忙しくないんだ。だから任《まか》せといて」

大学卒業後、大手食品メーカーに就職した多希は、研修《けんしゅう》後に札幌支社の営業課へ配属となった。そこでは連日残業や出張が続く、激務が待っていた。

とにかく必死で働いた。それでも営業目標は達成できず、叱責《しっせき》を受ける毎日が続いた。胃を痛めながらも外回りをする状況が変わったのは、入社四年目となる去年だ。おとなしい多希に営業は向いてないと判断されたのか、欠員が出た支店の経理課に異動となった。

それからはとても順調だ。数字を確認する細かい作業も、全く苦にならない。地道な仕事は好きだし、自分には向いていると思う。

多希は子供の頃から、優柔不断《ゆうじゅうふだん》を絵に描いたような性格だった。お菓子をひとつ買ってあげると言われても迷ってしまい選べず、誰かに選んでもらうのを望んだ。とにかく、自分から決めて動くのが苦手だ。ただ決められた物事を計画的に進めることは得意なので、締《し》め切りがきっちりある仕事はやりやすかった。

「本当に助かるわ、ありがとうね」

「いいよ、気にしないで。またここに住ませてもらうんだから、これくらい」

そう言ってお茶に口をつける。

「またそんなこと言って。ここは多希の家でもあるのよ」

母は困ったように笑った。

お互いに続く言葉を見つけられず、お茶を飲む。久しぶりに母と顔を合わせているのに、会話が弾《はず》まない。どうしよう。

話を変えようと、母に質問を向けた。

「名古屋にはいつから行くの？」

「月曜の昼には行こうと思ってるの。向こうでまだ買いたいものがあるから。いいかしら？」

母は、急にそわそわし始めた。一足先に名古屋でマンション暮らしを始めた父が、心配でたまらないらしい。

「もちろん、行ってきなよ。父さんも寂《さび》しがってるよ」

「そう？ 案外、一人だと静かでいいなんて言ってたりして」

その姿を想像したのか、母は口を尖《とが》らせた。少女がそのまま大人になったような母は、父の話をする時、とても幸せそうだ。

「そんなことないよ。母さんに会いたがってるって」

「だといいけど。そうそう、今回は家電を買わなくて済んだのも助かったわ。多希のおかげね。どうもありがとう」

これまで多希が使っていた生活家電は、父が使うことになり、既に名古屋に運んでもらっている。

「父さんにはお古で悪いけどね」

「そんなことないわよ。それに多希のことだから、綺麗《きれい》に使っていたでしょう」

その通りだ。さすがに母親は多希をよく分かっていた。多希は人や物のすべてに対して乱暴にできない性分だった。

あら、と母が窓の外を見た。振り返ると、家の前に小さなトラックが停《と》まっていた。

「引っ越し屋さんかしら」

「うん、たぶん」

立ち上がり、母と玄関に向かう。ドアを開けると、車から作業着を着た男性が降りてくるところだった。多希の荷物が届いたのだ。

やってきた引っ越し業者は男性三人組で、さわやかな挨拶《あいさつ》をしてから荷物の搬入《はんにゅう》を始めた。手際のよい作業を邪魔しないようにと隅《すみ》で見守る。

大きな家具もなく、荷物はほぼ段ボールだ。二階にある部屋と廊下に、段ボールが積まれていく。あっという間に作業は終わり、母が用意したお茶を飲み業者は帰っていった。

「こう見ると結構あるなぁ」

さっきは広く感じた部屋も、今は段ボールが積み上げられて狭《せま》く圧迫感がある。

「月曜から仕事だから、今の内に片付けられるものは片付けちゃうよ」

母にそう言った時、玄関から賑《にぎ》やかな音がした。

「「ただいま」」

聞こえてきた声は、弟たちのものだった。

おかえりなさいと、母と二人で大きな声で返す。するとすぐに、階段を上がってくる足音が聞こえてきた。

「うわ、すげぇ荷物」

そう言って顔を出した弟たちに、多希は目を見張った。

「兄ちゃん、帰ってきてたんだ。久しぶり」

「おかえりー」

制服姿の、同じ顔をした二人が立っていた。三年振りに顔を合わせる、双子《ふたご》の弟たちだ。

「二人とも、おっきくなったなぁ」

驚きのあまり瞬《まばた》きを忘れていた。ゆっくり視線を上下させる。

　三年前、二人は自分と同じくらいの身長だった。だが今は、平均身長の多希が見上げてしまうほど大きい。ブレザーに白のベスト、ストライプのネクタイというオーソドックスな制服も絵になっている。

「高校に入ってから、伸びたんだよね」

「そうそう、一年で制服がきつくなっちゃって」

　二人は声を揃《そろ》えて笑った。一卵性双生児《いちらんせいそうせいじ》の彼らはほぼ同じ顔だが、簡単に見分けられるところがひとつある。顔にあるほくろだ。

　唇《くちびる》の右下にあるのが、兄の理《おさむ》。左下にあるのが、弟の覚《さとる》だ。あと今は、制服の着方でも区別がついた。きっちりと模範《もはん》的に着ているのが理で、ネクタイの結び方がルーズなのが覚だ。

「あっという間に大きくなるのよ」

　母がため息を零《こぼ》す。

「成長期だから、仕方《しかた》ないよ」

　そう言いつつ、自分は三年間、同じ制服で済んだことを思い出して複雑な気持ちになる。あの時の自分に比べれば、目の前の二人は数段大人っぽい。下手すれば九歳も年上の多希のほうが、弟に見られてしまいそうだ。

「それにしても、二人とも格好《かっこう》良くなったね」

最後に二人と会った時、彼らは中学生だった。その時のあどけなさはすっかり消え、今は大人びた容姿《ようし》になっている。

くせのないさらさらの髪は栗色で、切れ長の目はそれより少し深みのある色だ。鼻筋も通っていて、薄い唇も形が良くて上品だった。

「そうかな」

理が少しはにかんだ。横でにこにことしていた覚は、目を細めて多希の頭に手を置いた。

「兄ちゃんは相変わらずかわいいよ」

髪をがしがしと乱され、顔をしかめる。その手も随分《ずいぶん》と大きくなっていた。

「もう、からかうなって」

双子と違い、自分には格好いいと褒《ほ》められる要素がない。毎年春になると新入社員に、その後は就職活動中の大学生と間違えられることも多かった。

母親譲《ゆず》りの大きな目もコンプレックスで、他人の目をじっと見るのが苦手だ。おとなしい性格はそのまま顔に出てしまっていて、男らしさとは縁遠かった。そんな自分を分かってはいても、年の離れた弟にまでかわいいと言われてしまうのは、どうにも情けない。

覚は笑いながら多希の黒髪を好き放題かきまぜ、弾んだ声で「兄ちゃんおかえり」と言った。その嬉《うれ》しそうな様子につられ、つい笑ってしまう。

「この荷物、片付けるんだよね。手伝うよ」

理が早速ブレザーを脱いで、廊下の段ボールを軽く叩《たた》いた。

「そうしようか」

覚も多希の髪から手を離し、ブレザーを脱いだ。

「あら、私も手伝うわよ」

「母さんはいいよ。父さんのとこに行く荷造りしたら？」

「そうそう、兄ちゃんのほうは俺と理が手伝うから、心配しないで。あとご飯よろしく」

理と覚にそう言われ、母はおとなしく一階へと降りていった。

「さて、どれからやればいい？」

理に視線を向けられ、一瞬その茶色の瞳に見惚《ほ》れてしまった。すっとその目が細められ、慌《あわ》ててえっと、と声を上げた。

適当に積み上げられた段ボールを見回す。いきなり聞かれても、すぐにはどうしていいか分からない。

人に指示を出すのは苦手だ。自分の部屋に入り、クローゼットを見てから、まずは必要なものを出そうと決めた。

「クローゼットに洋服を入れようかな。スーツとかネクタイがないと困るから。洋服って書いた段ボールを開けちゃおう」

手分けして衣服を取り出し、クローゼットに入れていく。元々そんなに数はなく、三人でやるとあっという間に片付いてしまった。

「……二人とも、学校に行ってたの？」

今はまだ春休み期間のはずだ。だけど二人とも制服姿なのが気になったので、ネクタイなどの小物をクローゼットの片隅に収《おさ》めながら聞いてみる。

「うん、俺は生徒会の仕事があって」

理が段ボールをつぶしながら答えた。

「理は生徒会長なんだよ」

覚は手を止めて教えてくれる。その表情はとても誇《ほこ》らしげで、微笑ましくなった。

「そうなんだ、すごいね」

「先生から頼まれて、仕方なくだよ。もうすぐ任期も終わる」

理は中学時代から優等生で、教師に好かれるタイプだった。生徒会長といわれて納得だ。

「もしかして、覚も生徒会なの？」

思わずそう尋ねたのは、覚にそんなイメージがなくてぴんとこないからだった。

外見は似ているが、二人の性格は正反対だ。落ち着いていて感情の起伏が少ない理と、明るく元気で感情表現が豊かな覚は、表情の作り方も違う。理は大きな口を開けて笑わないし、覚が不機嫌《きげん》なところをほとんど見せない。

「まさか。俺は部活。写真部なんだ」

覚はそう答え、つぶした段ボールを廊下に持って行った。

「覚はすごいんだ。たくさん賞も貰《もら》ってて、期待されてる。学校でも有名なんだよ」

今度は理が教えてくれた。さっきの覚と同じように、誇らしげに。

二人は自分よりも、もう一人が褒められるとより喜ぶ。子供の頃からずっとそうだ。

「そんなことないよ」

廊下から覚の声がした。

「へぇ、知らなかったな」

ちょっと意外な気がした。彼なら運動部に入っていそうだと勝手に思っていた。中学時代はサッカー部だったはずだ。父もカメラが趣味だから、覚も始めたのだろうか。

「これ、どこに置く？」

廊下からカラーボックス片手に覚が戻ってくる。

「ベッドの脇にお願い」

カラーボックスを設置した覚は、ところで、と多希に視線を向けてきた。

「兄ちゃんはなんで帰ってこなかったの」

「仕事が忙しかったからだよ。それにお金もかかるから」

飛行機が必須な距離の上、担当していた商品の関係で夏休みや年末年始が忙しく、帰省もままならなかった。三年前に一度帰ってきたのは、母方の祖父の法事があったからだ。

でもそれだけじゃない。この家にはどうも足を踏み入れづらかった。そしてそれは、多希自身の問題だった。

覚は何か言いたげだったものの、そのまま黙り込む。彼らしからぬ態度が気になって、でも沈黙を破る言葉を見つけられずにいると、理が口を開いた。

「これ、靴って書いてる。玄関でいいかな」

「あ、うん。お願い。下に置いといて」

軽々と箱を持ち、理が出て行く。

「これ、そこに適当に放り込んで」

本と書いてある段ボールを覚のところまで押した。

取扱注意のシールが貼《は》られた箱を開ける。中に入っているのはノートパソコンだ。

「あー、腹減ってきた」

覚が本をカラーボックスにしまいながら呟《つぶや》いた。

「さっき肉まん食べただろ」

戻ってきた理がそう返し、廊下にあった小さなテーブルを中に運び込んだ。

「俺は代謝《たいしゃ》がいいからエネルギーが必要なの。今日は何かなぁ。兄ちゃんが帰ってきたから、きっと兄ちゃんの好物だよね」

覚の変わらない言動に頬《ほお》がどうしても緩《ゆる》む。体は大きくなっていても、中身はやんちゃだった頃と変わっていないみたいだ。よかった、と何故かほっとする。予想以上に、成長した二人の外見にショックを受けていたらしい。

「これは？」

理が廊下からアルバムと書かれた箱を持ってきた。

「その箱はベッドの下に置いて。急ぎじゃないから」

中身は見られて困るものじゃない。学校の卒業アルバムに、大学のサークルの写真を収めたアルバムくらいだ。だが今は、開けたくなかった。

三人での片付けはあっという間に終わった。綺麗に物が収まった室内を確認し、ありがとう、と二人に礼を言う。ちょうど下から母の声が聞こえてきた。そろそろ夕食だ。

三人揃って階段を下りる。肉が焼けるにおいがして、覚が顔を綻《ほころ》ばせた。

ダイニングの真ん中にある長方形のテーブルには、椅子が六脚ある。端が母、その横に多希が並ぶ。多希の正面が理で、その横が覚という席順は昔と同じだ。

自分が使っていた緑の箸《はし》が用意されていた。茶碗もそのままだ。

早めの夕食は、覚の予想通り、多希の好物ばかりだった。

いただきます、という双子の声が揃った。多希も小さくそう言ってから、箸をつける。

「母さん、今日さ」

一番よく喋《しゃべ》るのは覚で、母に今日の出来事を楽しげに報告しはじめた。理はそれを黙って聞いていて、時々口を挟むくらいだ。

久しぶりに賑やかな夕食をとり、風呂に入ってから自室に引っ込む。双子は母とリビングでテレビを見ていた。

ベッドに腰掛け、こわばっていた肩を回す。ごきごきといやな音に顔をしかめてから、小さく欠伸《あくび》をした。朝が早かったせいか、とても眠たかった。

もう寝ようとベッドに横たわる。

月曜日から出社する本社には、知っている人間が殆《ほとん》どいない。今から不安が押し寄せてくる。自分から積極的に声をかけられるほど社交的ではないので、しばらくは一人でいる時間が長くなりそうだ。早く慣れるように頑張《がんば》ろう。会社も、そして家も。

ごろんと寝返りを打つ。それにしても、久しぶりに会った双子の成長には驚いた。

双子と多希は、血がつながっていない。多希の母と双子の父は、お互いに子連れで再婚している。

母から会って欲しい人がいると聞いた時、多希は中学三年生だった。当時は母と二人、決して裕福《ゆうふく》とはいえない生活をしていた。仕事を掛け持ちしていた母は家を留守がちで、多希は子供の頃から食事はいつも一人だった。寂しい時もあったが、母の大変さが分かるから口には出せず、疲れて帰る母のためにと率先《そっせん》して家事をこなした。実父は多希が三歳の時に病死していて、写真しか見たことがない。

母に紹介された今の父は、真面目で誠実という言葉が似合う男性だった。双子の子供がいて、妻を交通事故で失い、自分の妹の手をかりて子育てしていると説明された。

そこで母はこの人と結婚したいと言った。突然の話に驚いていると、彼は多希に向き合い、母を大切に思っていて幸せにしたいと告げた。そしておもむろに言ったのだ。

「家族になってくれないかな」

多希の目を真っ直ぐに見た父の顔を、今でもはっきりと覚えている。中学生の自分にちゃんと向き合ってくれる、素敵な人だと思った。反対する理由はなかった。

「……よろしくお願いします」

結婚すれば、これ以上、母も苦労しなくていい。そんな打算めいた思いもあったが、それ以上に心惹《ひ》かれたのが、家族という言葉の響きと、父親という存在だった。どちらも多希が欲しかったものだった。

「ありがとう、多希」

母の笑顔が眩《まぶ》しかった。そんなに嬉しそうな顔を、多希は今まで見たことがなかった。

その翌週、多希は双子と会った。急にできた弟という存在に戸惑《とまど》い、はたして仲良くできるか心配で、前日はよく眠れなかった。

しかしその懸念は、初めて双子に会った時にあっさりと打ち砕《くだ》かれた。

とにかく二人は、とんでもなくかわいくて、天使みたいだった。双子は幼稚園の年長で、お揃いの服を着て多希を見上げ、こんにちは、と言った。声は綺麗に揃っていた。

好奇心いっぱいの大きな目を向けられ、多希は二人の目線に合わせて屈《かが》みこんだ。

「こんにちは」

最初は一緒に遊ぶところから始めた。初めは知らない人を見る目をしていた二人も、少しずつ多希に心を開いてくれるようになった。

多希の高校進学と、双子の小学校入学に合わせて再婚が決まった。多希は名字を変え、母と共に父の籍に入った。父は今の家を購入し、家族五人での生活が始まった。

この家に引っ越してきた時、すっかり多希に懐《なつ》いていた双子の頭を撫《な》でながら言った。

「今日から二人のお兄ちゃんになるんだ」

「……お兄ちゃん？」

不思議そうに顔を見合わせた二人は、無言で意思の疎通《そつう》を図《はか》っているようだった。

「これからずっと、ここに一緒に住むんだ。よろしくね」

こわごわと触れた二人の小さな手から、温もりが伝わってきた。

「今日から毎日、遊んでくれるの？」

「うん、遊べるよ」

「本も読んでくれる？」

「もちろん」

質問に答えると、二人はぱあっと花が咲いたような笑顔を浮かべた。

「お兄ちゃん」

そう言って抱きついてきたのは、覚だった。その後ろで理が、多希をじっと見ていた。困ったような、だけど嬉しいような、複雑な表情で寄ってくる。その小さな体も、一緒に抱きしめた。このかわいい弟たちを、自分は何があっても守ろうと多希はその時に誓《ちか》った。

それから家族五人での生活が始まった。

父も母も、子供たちを全く差別しなかった。すべてにおいて平等で、惜しみなく愛情を与える一方で、厳しく躾《しつ》けた。双子も母にすぐ懐いて、甘えるようになった。

とても仲が良く、端《はた》からみればきっと、理想的な家庭に見えただろう。

だが一度離れてみると、その中に戻るのは難しかった。今となっては、その完璧さに腰が引けるのだ。転勤というきっかけがなければ、帰ってこれなかった。

父も母も弟たちも、大好きだ。血のつながりはなくとも、大切な家族だと思っている。だけど、この家のことを考えると息苦しい。その原因に気づいていても、多希は向き合う勇気を持てずにいた。

「いってきます」

月曜日の朝、多希は七時過ぎに家を出た。

これまでは職場から地下鉄で二十分以内の場所に住んでいたが、これからは倍の時間がかかる。しかも満員電車だ。考えただけで気が遠くなった。

駅まで歩く道にさほど人の姿はなく、車通りも多くない。ゆっくりと駅に向かっていると、自転車に何台か追い抜かれた。

朝の空気はすがすがしい。数日前まで住んでいた札幌とは違って、暖かいのもありがたかった。もう春だ。

改札を抜け、ホームに向かう。さすがにここには人がたくさんいた。

二分後、やってきた電車に乗り込む。思っていたほど混んでいない。つり革に摑《つか》まり、なんとか立つ場所を決めてほっと息を吐いた。

それでも、体はどこかしら誰かに触れてしまう。スーツ越しとはいえ、他人の体温を感じるのは不快だが、我慢《がまん》するしかない。

つり革に左手で摑まり、右手で鞄《かばん》を持つ。周囲の乗客がみな携帯を覗《のぞ》き込んでいる姿に驚きつつ、窓の外に視線を向けた。

沿線には住宅が多く、変わり映《ば》えのしない景色が続く。

駅に停まる度に、車内の人口密度が上がった。肩と肩がぶつかりあっても、みな互いに無関心だ。多希はつり革を死守するために必死になった。

三十分後、電車はターミナル駅に着いた。そこで人がたくさん降りて、やっと車内に余裕ができた。鞄を左手に持ち帰る。手が痛くなっていた。

次の駅で降り、徒歩五分ほどの場所に、多希が勤める食品メーカーの本社ビルがあった。本社に出勤するのは、新人研修の時以来だ。緊張に指先が冷たくなってきた。

八階建てのビルに入り、エントランスを抜ける。エレベーターを待つ人の中に知っている顔はなく、胃の辺りがじくじく痛み出す。

経理部のある四階について、教えてもらっていた面識のある部長のところへ向かう。そこで挨拶すると、部長はすぐにこれから上司となる課長を紹介してくれた。

「はじめまして。戸川です。よろしくお願いします」

やってきた四十歳前後のがっしりした体型の男性が、課長だった。

「おう、よろしくな」

ぼん、と肩を叩かれる。白い歯を見せて笑いかけてくる課長は、いかにも体育会系ですといった雰囲気だった。

「分からないことがあったら聞いてくれ。席まで行くか。あっちの島なんだ」

指差した方向は、フロアの角だった。

支社と違って、机やパソコンの類も新しい。物珍しさに目をうろつかせながら、経理二課とかかれたスケジュールボードの前まで移動した。これからここが職場だ。

「おい、みんなちょっと集まってくれ」

始業時間には早いが、課長は構わず声をかけた。窓際にある席を囲むように立つ。

「今日からうちに配属になった、戸川くんだ」

そこで多希は自己紹介をした。課は全部で八名。内二名が女性で、彼女たちは制服を着ていた。課員の顔と名前、席やロッカーの位置など、仕事以外にも覚えることはいっぱいだ。

連絡事項を告げ、課員が席に戻る。横にある四人掛けのミーティングスペースで、課長から担当する仕事の説明を受けた。

「支社からあがってきた支払《しはらい》依頼の処理と、売上集計の資料化がメインだ。支払関係は月一で締め、集計の資料化は毎週火曜の役員報告に間に合わせる。それくらいかな」

これまで多希は支社で請求書を入力して本社に依頼する業務を担当していたので、なんとなく流れは分かっていた。簡単そうに言われたが、大変そうだ。

「戸川の席はそこだ」

示された席は、課長の斜め前だった。話が終わったようなので席につく。支社から社内便で送った荷物は、机の下に置かれていた。

「戸川さんと会うの、初めてですね」

声をかけてきたのは、隣の席の斉藤《さいとう》という男性社員だった。彼とはこれまで何度も電話やメールでやりとりしている。短めの髪に眼鏡、センスのいいスーツ。清潔感のある外見に優しそうな笑顔は、彼と電話で話した時に受けたイメージそのままだった。

「戸川は斉藤と同期だったか？」

椅子に座った課長が机に手をついて声をかけてきた。多希が答える前に、斉藤が首を振る。

「いえ、戸川さんのほうが先輩です」

「へ？」

驚いた顔をした課長は、多希を上から下までじっくりと見た。

言いたいことが分かったので、すみませんと俯《うつむ》く。多希は斉藤より一歳年上だった。

「僕が子供に見えるんだと思います」

いつまで経っても幼く見えるこの容姿は、仕事をしていく上でとても損だ。

「別に謝ることないさ。いや、すまんな。斉藤が老けてるせいだ」

「人のせいにしないでくださいよ」

斉藤が笑いながら返した。周りの課員も笑っている。どうやら課の雰囲気は良さそうだ。

用意されていたパソコンを起動し、机の下の荷物を開ける。電卓やペンなどの支給品ばかりだ。机上の電話は支社と違うタイプで、使い方を教えてもらった。

そうやって身の回りを確認している内に、午前中が終わってしまう。

「昼、行きませんか」

十二時になると、斉藤が声をかけてくれた。彼の友人らしい社員を入れて四人で、近くのビルにある定食屋へ行く。一人で店に入り食事をするのが苦手なので、誘《さそ》ってもらえてよかった。

日替わり定食を注文後、他の二人を紹介された。一人は隣の経理一課で、もう一人は総《そう》務《む》部だった。二人とも斉藤と同じように、穏やかで優しそうな印象だ。

「戸川さんが来てくれて助かりました。俺、先週もずっと終電だったんですよ」

多希の隣に座った斉藤が、水を飲みながらぼやきだす。

「え、そんなに忙しいんですか？」

多希が担当する仕事は、これまで課長と斉藤が二人でやってきたものだ。

「なんだかんだで、俺が一人でやってましたから。課長なんて最後に確認するだけですよ」

「でも僕で大丈夫かな……」

不安になって呟くと、斉藤が大きく頷《うなず》いた。

「もちろんですよ。これまで戸川さんから上がってきたデータや書類で、間違ってたの見たことないですから。……と、そうだ。先輩なんですから、敬語はやめてくださいね」

「あ、うん。そう……だね」

すぐにそうかと対応できる器用さはないので、ぎこちない言葉遣《づか》いになってしまった。

そこで他の二人も、斉藤と同期だと教えてもらった。どうやら多希が一番年上らしい。

「戸川さん、金曜は空いてますか？　課で戸川さんの歓迎会をしようと思うんですけど」

斉藤の誘いに頷く。すると多希の前に座っていた総務の社員がにやりと笑った。

「覚悟してくださいね」

思わせぶりな口調に首を傾げる。どういう意味かと問うと、斉藤が肩を竦《すく》めて答えた。

「課長は飲むのが大好きなんです。今奥さんに離婚突きつけられてて、家に帰りたくないのかやたらと誘うし、飲み始めたら最後、終電まで愚痴《ぐち》を聞かされます」

「うわ、それはすごい」

想像しただけで大変そうだ。総務の彼がうんうん、と頷く。

ちょうどそこに定食が運ばれてきて、四人で食べ始める。三人が気を使ってくれたおかげですんなりと会話に入れ、昼休みの一時間を楽しく過ごせた。

席に戻り、午後からは仕事の引《ひ》き継《つ》ぎを受けた。同じ業務を二人でするため、東日本分を多希が、西日本分を斉藤が担当することになった。

「しばらくは一緒にやっていきましょう」

優しい言葉が嬉しかった。会社でこんな扱いをしてもらったのは、初めてかもしれない。

先週分のデータを資料化する方法を教えてもらい、実際に作業をしてみる。明日の役員報告に使うと聞き緊張したが、フォーマットがあったので作り終えることができた。

課長に確認してもらい、印鑑を貰って一日が終わった。

会社を出て駅へと向かう、足取りが軽い。すぐにやってきた電車に乗り込む。朝に比べれば人が少ない車内は快適だ。誰の体温も感じなくていい。

電車に揺《ゆ》られながら、携帯に届いていた母からのメールを読む。父のマンションについたらしい。面倒をかけるけどよろしくね、と結ばれていた。

携帯をしまい、窓の外を眺《なが》めた。帰りの電車から見る景色は、朝のそれと比べてやけにくっきりと見えた。


家に帰ると、キッチンで物音がしていた。

ただいま、と中に入って声をかける。キッチンにいたのは覚だった。

「おかえりなさい。早かったね」

覚は鍋を取り出し、そこに水を張った。

「今日はまだ初日だから。う―んと、何を手伝えばいいかな？」

「あ、今日はいいよ。母さんが肉じゃがを作っておいてくれたから。米も研《と》いだし、あとは適当にサラダと味噌《みそ》汁を作るくらい」

喋りながら、覚は器用に左手で包丁を使う。覚は左利《き》きだった。

「ずいぶんうまくなったね」

慣れた手つきに目を見張る。

「母さんを手伝ってたからさ。兄ちゃんは休んでて。明日はよろしくね。俺は部活だし、理も予備校で遅いから」

「じゃあ今日はお願いするね。ありがとう」

冷蔵庫のドアに張られたカレンダーを確認する。そこにそれぞれのスケジュールを書くことになっていた。金曜日に飲み会があると記入し、覚にも話しておく。

「遅くなると思うから、二人で何か食べてて。理はもう帰ってきてるの？」

玄関に置かれた靴だけでは、二人のどちらかがいるのかを判別できなかった。

「上で勉強してる。なんか予備校の復習だって」

「そっか。理は相変わらずだね」

理は子供の頃から、机に向かう時間が長かった。勉強が好きなのだとごく当たり前の顔で話していた記憶がある。その点は変わっていないらしい。予備校では授業料を免除されているのだと母からは聞いていた。

「理さ、後輩の女子に王子様って呼ばれてるんだよ」

覚が笑いながら教えてくれた。

「王子？　まあ確かにそんな感じだけど……」

理は幼い頃から大人びた印象ではあったが、成長した今はそれに磨《みが》きがかかったように見えた。立ち振舞《ふるま》いも優雅だし、声を荒げたりもしない。しかもあれだけ顔立ちが整っていれば、王子様と呼ばれても違和感がなかった。

「じゃあ覚は？」

「俺は庶民派ってことで」

目尻を下げて覚が笑った。

覚には、理のような落ち着きはない。その代わり、弾けるような明るさと人懐っこさがあった。双子が並んでいたら、たぶん殆どの人間が覚へ声をかけるだろう。

「馬鹿《ばか》なこと言うなよ。バレンタインデーは俺よりたくさん貰ったくせに」

理がキッチンに入ってきて、冷蔵庫からミネラルウォーターのペットボトルを取り出しながら言った。彼はグラスに水を注ぎつつ、覚は人気者なんだと教えてくれた。それも想像できた。誰からも愛される覚の無邪気さは、多希もよく知っている。

「そうだったっけ？」

覚が笑い、理に自分の分の水を要求した。

三人でいると、キッチンがひどく狭く感じてしまう。並び立つ二人を見上げる。いつの間にここまで格好よく育ってしまったのだろう。その成長過程を見られなかったことが、ちょっと悔《くや》しかった。

　双子はどちらにも人の目を惹くオーラがある。何をやっても平均点で、嫌われもしなければ好かれもしない自分に、こんなにも優秀な弟が二人もいるなんて出来すぎた夢みたいだ。

「どうしたの？」

　視線に気づいた理に問われ、なんでもないと首を振った。

「ただ二人とも大きくなったなぁと思って」

　戻ってきてみれば、すっとこの家に馴染《なじ》む自分がいる。このままうまくやっていけそうな気がしてきた。もしかすると、勝手に自分が敷居《しきい》を高くしていたのかもしれない。

　それでも、心の片隅に陣取った不安はそう簡単に消えてはくれなかった。

　木曜日の朝、駅に向かう道に制服姿が増えた。近隣の学校は今日が始業式らしい。理と覚も、あと十分後にはこの駅に着くはずだ。

　改札もホームも混み合っている。普段乗る車両の位置に辿りつく前に、電車が滑《すべ》り込んできた。

　車内は既に満員だった。それでもドアは開き、数名が降りたところにその何倍もの人が押し寄せる。多希も後ろから強引に車両へ押し込まれた。

電車が重たそうに動き出す。少しの揺れにバランスを崩《くず》し、隣の男性の足を踏んでしまった。睨《にら》まれて、すみません、と小さく告げる。

似たようなスーツの乗客に囲まれて、身動きが取れない。下手すると持っていた鞄とも離れてしまいそうで、胸元に抱えた。周囲の乗客は携帯やゲームに夢中だ。

なんともいえないにおいと、すぐ近くに感じる他人の体温、徐々に湿っていく空気に気分が悪くなってくる。

あと約三十分。会社の最寄《もよ》り駅までの時間を考えて、気が遠くなった。何年間も通勤ラッシュと無縁だったため、油断していた。明日からもっと早く家を出よう。

窓の外に流れる風景に意識を向ける。建設中のマンションを眺め、踏み切りで停まっている車や電車と競うように走る自転車を見る内に、腰の辺りに違和感を覚えた。

「っ……」

何かが当たっている。後ろの男の鞄だろうか。どうにも不快で、足の位置をずらして体を逃がしてみた。だがやはりそれは腰に当たり続ける。

いやだなぁと眉《まゆ》を寄せた時、それが尻《しり》の形を確認するように這《は》いだした。

――鞄じゃない。これは手だ。しかも偶然じゃなく、明らかな意図を持って触っている。

スーツ越しですら伝わる体温に、ぞぞっとうなじが逆立った。

腰から尻のラインを撫でられ、体が竦む。もしかして、これは痴漢《ちかん》なのか……？

この手の持ち主は誰だろう。近くに女性の姿はないし、手の大きさからして、触っているのは男だ。真後ろに立つ若いサラリーマンか、それともその横にいる大学生風の男か。男の手が薄い尻を揉《も》み始め、身震いした。知らず知らずの内に鼓動《こどう》が早くなる。とにかくやめさせようと体を捻《ひね》るが、横のサラリーマンの体に腕が当たって舌打ちされてしまった。

胸元に持ってきた鞄を抱きしめる。

自分がこんな目にあうなんて、想像もしてなかった。痴漢の対処法なんて、逃げることと助けを求めることぐらいしか思い浮かばない。

首をねじるのも難しい混雑ぶりでは、うまく逃げられないだろう。そうなると誰かに助けを求めるしかないが、それでは自分も恥ずかしい思いをする。男に痴漢された男がいる、と好奇の目で見られたらどうしよう。

対処を考えながら、浅い呼吸を繰り返す。男の指が、尻の切れ込みを下から上へとなぞった。

「っ……」

声が出そうになって、慌てて唇を噛《か》む。ちょうど次の駅に着く車内アナウンスとブレーキの音が重なり、多希の声はかき消される。

がくんと衝撃《しょうげき》があり、駅に着いたのだと分かった。反対側のドアが開き、新鮮な空気が入ってくる。今が逃げるチャンスだ。一度息を吐き、少し開いた左側に体をずらした。だが男の手が腰に回され、それ以上は動けなくなった。

後ろを振り返る勇気もなくて俯くと、靴の間に革靴の爪《つま》先がねじ込まれた。強引に足を開かせる、その力が怖かった。

目を閉じた。逃げようと考えるのはやめよう。あと十五分、我慢すればいい。そうすればターミナル駅について乗客が減る。そう決めて、大きく深呼吸した。

多希が抵抗しないと確信したのか、男の手つきは次第に大胆になった。尻を持ち上げて揉んだり、指の痕《あと》がつきそうなほど摑んだりと、好き勝手に手を動かす。ひとしきり多希の尻の感触を楽しんだ後、前に手が回ってきた。さすがに驚いて目を開ける。ちょうど駅を通過するところで、ホームの人と目が合いそうな気がして慌てて視線を足元に向けた。

男の節くれ立った指が、スラックスの前を開いていた。そして迷うことなく、二本の指が内側に忍び込んでくる。

下着越しに、性器の形を浮き上がらせるよう指で辿られた。驚きに腰を引くと、尻に硬いものが当たった。擦《こす》りつけるように動かれ、その正体に気づいて青ざめる。

他人の欲望を突きつけられたのは初めてだ。薄気味悪さに膝ががくがくと震えるけれど、男の手を意識して下肢《かし》に熱が集まり始めた。

こんな場所で、反応しちゃだめだ。そう思うのに、男の手に落ちたそこが疼《うず》きだす。

男は多希の変化にすぐ気がついた。大きくなっていく形を確かめるように指で挟まれ、眉を寄せる。かすかな嫌悪感の後、快感がどっと大波のように押し寄せた。うなじの辺りが汗ばむ。息が苦しい。前の男性に向かって倒れそうになり、慌てて足に力を入れた。

「くっ……」

耳に吐息《といき》がかかった。煙草《たばこ》のにおいが強烈《きょうれつ》なそれから顔を背《そむ》ける。首をねじれば、男の正体は分かるだろう。だがその勇気がなかった。もし男と目が合ったらと思うと、怖くて仕方がない。

唇を噛んで快楽をやり過ごす。上気した頬も、口から洩《も》れる息も熱すぎる。片時もじっとしていられず、腿《もも》を擂《す》り寄せて腰を揺らした。男が揺れに合わせるように手を握《にぎ》っては開き、声が上がりそうになるのを精一杯堪《こら》えた。

首筋に息がかかり、尻に男の昂《たかぶ》った欲望が押しつけられる。男の動きには遠慮がなかった。これでは誰かに気づかれてしまうのも時間の問題だ。

もしこの姿を見られたら、自分はどう思われるだろう。男に触られて、感じてしまっているのは一目瞭然《りょうぜん》だ。お前も仲間だと白い目で見られたら……。

想像しただけでいたたまれなくなる。だが同時に、全身が恐《おそ》ろしいほど火照《ほて》っていた。昂った欲望の先端から零れた蜜《みつ》が、下着を濡《ぬ》らして肌に張りつく。

手は更《さら》に下へと伸び、蜜を蓄えた双袋《そうたい》を捉《とら》えた。そこを下着の上からじっくり揉まれる内に、じれったくて、男の手に押しつけるように腰を突き出していた。

くっと小さく笑われ、耳まで赤くなる。他人の手をろくに知らない体は、快楽に弱かった。男の手によって育てられた屹立《きつりつ》が、下着を窮屈《きゅうくつ》そうに押し上げている。

不意に男の手が離れ、がくんと車両が揺れた。顔を上げる。気がつけば、電車はターミナル駅のホームに着いていた。

そのまま押し出されそうになり、慌てて流れから外れる。周囲をうかがいながら、ジッパーを引き上げた。出入口付近のポールに摑まり、下半身を隠すように鞄を持つ。

次の駅までの約三分間は、ただじっとポールを握って立っていた。ほんの数分前まで自分に起きていたことが現実とは思えず、心ここにあらずの状態だった。

駅から会社までは小走りになった。人波をすり抜けて進み、会社に着いてすぐトイレへ駆《か》け込む。個室に入って鍵《かぎ》を閉めた。

自分の状態を確認するのが恐ろしかった。それでも勇気を出してスラックスの前を開き、下着の中を覗きこむ。男になぶられたそこには、まだ熱の名残りがあった。先端は少し濡れていて、その情けなさに目が潤《うる》む。

壁にもたれ、熱がおさまるのを待った。やっと平常時に戻ったところで綺麗に拭《ぬぐ》い、トイレを出る。

自分の席についたのは、いつもより十五分も遅かった。ただぼうっとそこに座っていると、紙コップ片手に課長がやってくる。

「どうした、疲れてんな」

朝から元気な課長に、痛いくらい背中を叩かれた。

「……通勤ラッシュに負けました」

「支社とは違うからな。ま、そのうち慣れるさ」

頑張れよ、とまた背中を叩かれる。かすかに香る煙草のにおいに眉をひそめてしまい、気づかれないように俯いた。

男に触られて、感じてしまった。その事実に打ちのめされる。

駄目だ、思い出すな。自分に言い聞かせても、フラッシュバックは止まらない。男の手、息遣い、体温。ぶわっと鳥肌が立った。

相手は同性なのに、どうして。やはり自分は……。――違う、そんなことない。必死で否定する。封印《ふういん》したはずだ。何重にも鎖《くさり》をかけて、心の奥底に閉まった。もう思い出すな。

机の下でぎゅっと手を握った。そうしないと、震えだしてしまいそうだった。

やってくる課のメンバーに挨拶する。朝礼が始まる頃には、少し気分は落ち着いていた。

しかし仕事を始めても、マウスをクリックする手が覚束《おぼつか》ない。大切なメールをゴミ箱に入れてしまい、慌てて戻す。

心がどこか違う場所を漂っているようだった。抜け殻《がら》状態のままパソコンに向かっていると、隣の斉藤に名前を呼ばれた。

「このチェックお願いします」

「あ、はい」

斉藤から渡された書類を見つめる。各支社から上がってきたデータと伝票のチェック作業だ。めくっても、数字が全く頭に入ってこない。目の前に浮かんではただ消えていく。

「やり方、分かりますよね?」

心配そうに覗き込まれ、慌てて目を逸《そ》らして頷いた。今は斉藤の顔も、真っ直ぐに見られそうにない。

「ごめん、ちょっとぼうっとしてて。……寝不足だからかな」

聞かれてもいないのに言い訳をして、書類に目を向ける。どこかへ行ってしまった集中力を取り戻そうと、数字を睨みつけた。


その日はまだ忙しくなかったため、多希は定時で帰ることができた。

駅に着くなり、足が竦んだ。自分を包む空気がじっとりと湿っているような気がする。

今朝の自分を思い出しそうになり、それを振り切るようにホームへの階段を駆け上がった。

朝に比べれば、随分と空いている電車に乗り込む。最初の一歩に勇気が必要だったが、乗ってしまえば案外と平気だった。

途中から運良く座れた。シートに腰掛け、鞄を膝に置く。読みかけの文庫本を取り出そうとして、ふと通過する駅のホームが目に入った。

今朝はこの辺で、男の手が大胆になった。体が男の手の感触を思い出し、ざっと音を立てて血の気が引く。心臓がどこか別の場所で鼓動を刻みだした。

車内が脈打っているように感じ、膝の上の鞄をぎゅっと握りしめる。落ち着こうと、深く息を吐いた。だがどうしても、今朝の出来事が頭にへばりついて離れてくれない。

目の前に立つ男の手に携帯があった。そのカメラが自分に向けられているような気がしてならない。いやだ、見ないでくれ。口に出しそうになり、慌てて俯いた。

淀《よど》んだ時間がいつまでも続きそうで怖《こわ》かった。途中の駅で降りようかと迷って何度も腰を浮かしたが、なんの解決にもならないとその度に思い直した。結局、最寄り駅まで座っていた。

駅を出ると、雨がぱらついていた。鞄の中の折り畳《たた》み傘《がさ》を開くほどでもなくて、小走りに家へと向かう。

自宅には電気が点《つ》いていなかった。双子はまだ帰ってきていないらしい。

玄関の明かりを点ける。上着を脱いでその場に放り出し、横にある鏡《かがみ》を覗き込んだ。そこにはどこかうつろな目をした自分がいた。

あんなこと、事故だと思って忘れよう。

自分に言い聞かせてから、夕食の準備を始めた。だが人の気配はないのに、どうも背中が落ち着かなくて仕方がない。

しばらくして、双子が一緒に帰ってきた。ただいま、と言う声が綺麗に揃っている。

「おかえり」

わざわざキッチンに顔を出してくれた双子に微笑みかける。

「なんか兄ちゃんにそう言ってもらえるの、久しぶりだなぁ」

嬉しそうに言って、覚が抱きついてきた。一瞬びくりと震えたが、覚の子供の頃と変わらぬ甘え方だと気づいてすぐに力が抜けた。横では理が微苦笑している。

「分かったから、もう離れて。料理の邪魔だよ」

「はーい。じゃあ着替えてくる」

行こう、と覚は理の手をとり、そのまま二階の部屋へと向かっていく。相変わらず二人は仲が良い。

家に誰かいるという安心のおかげか、背後はさほど気にならなくなった。

一人暮らしの時は、家に帰ると食事をしながらテレビを見て、あとは寝るだけだった。その生活に不満はなく、寂しいとも感じなかった。

だけど今日は、一人じゃなくてよかったと心底思う。ただ、弟たちの顔を真っ直ぐに見られないのは困る。着替えてから手伝うとやってきた覚にさえ、近くに立つとどうにも緊張した。

それでもなんとか支度《したく》を終え、料理を並べたダイニングテーブルにつく。だが食欲はなかった。箸を口に運ぶのさえ億劫《おっくう》になり、行儀悪く皿の上をさ迷わせた。

「どうしたの？」

そう聞いてきたのは、理だった。多希の様子がおかしいと気づいていたらしく、じっとこちらを見ている。彼が手にしている茶碗と箸は覚のものだった。どうやら間違えたようだが、それを指摘する気力もないほど胸が重苦しかった。

「ちょっと疲れたみたい。朝、久しぶりのラッシュに参《まい》っちゃって」

弟に心配される自分が情けない。しかし取り繕《つくろ》えるほどの器用さが、多希にはなかった。

「あー、混んでるよね。俺も理に付き合って少し早く出てるけど、たまに寝坊したら悲惨《ひさん》だよ。電車に乗り損《そこ》ねたりするし」

覚が大きく頷いた。

「去年、一個先の駅に大きな団地ができたんだ。それから更に混むようになって。女性専用車両ができてるから、間違えて乗らないようにね」

理がそう言い、語尾を引き継ぐようにして覚が口を開いた。

「痴漢が多いんだってさ」

痴漢、という言葉に弾かれたように顔を上げる。今朝のことを知らない二人からすれば過剰反応だと気づいても、落ち着きを失い視線をさまよわせた。

「あ、顔赤いよ。熱でもあるんじゃない？」

心配そうに伸ばされた覚の手を避《さ》け、立ち上がる。今は彼の体温すら、怖かった。

「大丈夫。片付けたらすぐ寝るよ」

食事は殆ど手をつけていない。何も食べたくないし、食べたとしても味も分からなそうだ。

「後片付けは俺たちがやっとくからいいよ。兄ちゃんは寝てて」

理に促《うなが》され、素直に甘えさせてもらうことにした。

「じゃあごめん、おやすみ」

二階の自室に向かう。足が重たくて、階段を上がっただけで疲れた。

ベッドに腰を下ろす。肩を落としたその時、踵《かかと》が何かに当たった。ベッドの下を覗き込み、すぐに後悔する。

そこにはまだ開けていない段ボールがあった。中に入っているのは、昔の写真やアルバムだ。

『――多希もやれよ』

段ボールから声が聞こえた気がして、狼狽《ろうばい》のあまりベッドに倒れこんだ。だが耳に残った声が多希を苛《さいな》む。

あれは中学の修学旅行の夜だった。同室の一人が持ち込んだ雑誌を皆で回し読みした。中学生には刺激が強い写真ばかりが載《の》っていた。

最初ははやしたてていた同級生たちも次第に無言になり、息を荒くしていた。それを多希はどこか醒《さ》めた目で見ていた。性的なことに興味がないわけではない。しかしあられもない姿を見せる女性に、心惹かれなかったのだ。

『もう我慢できねぇ』

興奮した誰かが、自慰《じい》を始めた。それを合図に、その場にいた多希以外の全員が性器を取り出した。

『多希もやれよ』

そう誘ったのは、同じグループにいた一人の生徒だった。

『僕はいいよ』

首を振る。その仕草《しぐさ》が気に入らなかったのか、彼は近寄ってきた。

『いいじゃん、みんなでやろうぜ』

『や、やだっ……』

下着の中から、強引に性器を引きずり出される。野球部の主将だった彼はとても体格が良く、多希が力で敵《かな》う相手ではなかった。

『なんだよ、ちっこいまんまか』

彼は多希の性器を無造作に摑んだ。そして多希の手をとり、握らせようとする。

渋々《しぶしぶ》それを手にしたものの、多希は困惑《こんわく》した。すべてにおいて未熟《みじゅく》だった多希は、自慰をろくにしていなかった。うまく射精《しゃせい》までいかず、途中で諦《あきら》めることも多かったくらいだ。

触ったって、あんまり興奮しないのに。そう思った多希は、次の瞬間、隣にいた同級生の手にあるものを見て目を見張った。

『ほら、一緒にやろうぜ』

彼が扱《しご》いているのは、赤黒い粘膜《ねんまく》を露出した、大人の男のそれだった。多希の未成熟なものと大違いだ。

昂った男の性器を見るのは初めてで、あまりの大きさに息を呑《の》む。

そもそも、多希は大人の男の局部を見たことがなかった。物心ついた時に父は亡く、ずっと母と二人暮らしだったせいだ。

一度目にすると、同級生のそこから目が離せなかった。あんなに膨張《ぼうちょう》したものが、自分のものと同じとはとても思えない。

気がつくと多希は、自分の手を動かし始めていた。手の中でそれが大きくなる。部屋中が異様な空気になっていた。競い合うようにみんなで手を汚し、息を乱している。

多希もまた、これまでにないほど興奮していた。いつものように途中で柔《やわ》らかくなってしまうこともなく、すぐに射精の予感が訪れた。

『うっ……』

うめき声と共に、隣にいた彼が精を放った。びくびくと震えながら熱を吐き出す、彼の性器。手に飛び散る白い液体の淫靡《いんび》さと、むせ返るようなにおい。

——その場面を、多希は今もよく覚えている。

脳裏に焼きつく映像に我慢できなくなり、手を下着の中に滑り込ませた。それはすっかり昂っていた。

そっと触れてみる。最初はゆっくりと、優しく。それから徐々に、全体を擦る速度を上げていく。はあっ、と湿った息を吐いた。

やがて手は、今朝これに触れてきた男の手をトレースするように動き出した。

混雑した車内で、抵抗もできなかった。もしあの姿を誰かに見られたら、そう考えただけで胸に震えが走る。

あんな場所で感じちゃいけないのに。しかも相手は、顔も知らない男なのに。

駄目だと思うほどに、体が熱を帯《お》びていく。

「あっ……」

手が先走りで汚れた。我慢できず、指を輪にして根元に向けて強めに扱く。

はあはあ、と荒い息がする。それが自分の声だと気づいた時には、もう快楽の階段を登りきっていた。

「うっ……」

自らの手を汚し、果《は》てる。どくどくと溢《あふ》れだしたものの生ぬるさに顔をしかめた。一度熱を放ってしまうと、快感よりも罪悪感の方が強くなった。

ティッシュで汚れを拭う。自分が放ったものが、とてつもなく汚《けが》らわしく思えて泣きたくなった。

中学を卒業してから、同級生の彼とは一度も会っていない。たぶん今どこかですれ違っても、すぐには分からないだろう。

だがこの体は、彼の手を覚えてる。

その出来事で、多希は自分が同性に惹かれると気づいた。特にクラスのリーダータイプの生徒や、教師の信頼が厚い優等生タイプに弱かった。自分に欠けた部分に惹かれるのだ。

だがその性嗜好《しこう》をなかなか認められず、女性と付き合ってみたこともある。大学で入ったサークルで知り合った女の子だった。友達から始まり少しずつ親しくなって、一緒にいると楽しかった。キスひとつするのもどきどきした。

お互いに初めてで、緊張しながらことに及んだ。そこで多希は、彼女の体に触れても、それだけがなかなか反応しない自分に気づいた。そんな状態ではうまくいくはずもなく、原因と言うわけでもないが、彼女とは疎遠《そえん》になり、結局は自然消滅した。

それでもまだ、多希は同性にしか惹かれないという自分を認めきれずにいる。

脱力したまま天井を見上げ、深く息を吐いた。自分を慰《なぐさ》めた後は、いつも自己嫌悪で胸が苦しくなる。こんな自分がいやなのに、どうもできない。

この家に、帰ってこなきゃ良かった。こんなに歪《ゆが》んだ自分には、この家にいる資格はない。いてはならない、そんな気がしてやるせなくなる。

仕事も家庭も大切にする父と、優しい母、優秀な双子。端から見れば理想的な家の中に、こんな闇《やみ》を抱えている自分の居場所はない。怯《おび》えてきたものの正体はこれだ。ずっと向き合うことを恐れてきた歪みを突きつけられたようで、目の前が暗くなった。

両手で顔を覆《おお》い、締めつけるような胸の痛みをやりすごそうとする。だがそれもできず、ごろごろとベッドの上を転がった。

決して狭くはないはずの部屋が窮屈だ。だがどこへ逃げればいいのだろう。自分の居場所は、どこにあるのか。

湿った息を吐き出しても、心に潜む憂鬱《ゆううつ》は出ていかない。この部屋に、朝は永遠に来ないような気がした。

翌日から、多希は電車に乗る時に身構えるようになった。時間も少し早めた。乗る時間や車両をずらし、できるだけ空いている車両に乗る。どこに立てばいいのか、誰の近くにいればいいのかをホームで見極めて、電車に乗り込む。

それだけ手を打っても、数日おきに痴漢にあってしまう。誰かに知られるより、我慢したほうがいい。そう思って抵抗しない多希は、痴漢にとって格好の餌食《えじき》になったらしい。

しかも、相手は一人ではないようだ。数回目で多希は、触り方でその違いに気づいた。スラックスの布地ごと押し込むように尻をまさぐる男もいれば、多希の手に昂ったそれを押しつけて腰を振る男もいた。芯があって硬い熱に戦《おのの》き、言われるまま手を動かした日は、手を汚された。その時はさすがに途中の駅で降りて、手を洗う羽目になった。

スーツのポケットにメールアドレスの書かれたメモを入れられたり、耳元で誘われたりすることもあった。相手はいつも男だが、どんな相手なのかは分からない。

何度か電車の揺れに乗じて相手の顔を見ようと試みたが、その時は相手の男が目深《まぶか》にニット帽を被《かぶ》っていてよく分からなかった。

どうして自分だけが、こんな目に合うのだろう。特に目立つ容姿ではないし、体だって貧弱だ。自分の何が男たちを引き寄せているのか、多希には全く分からなかった。

しかも感じたくないのに、快楽に弱い体は男たちの手管《てくだ》にあっさり陥落《かんらく》してしまう。今や摑まってしまうとすぐに、体から力が抜けるほどになっていた。

だがいつも、決定的な快感までは与えてもらえない。

くすぶる熱を抱えて会社や駅のトイレに駆け込み、熱が散るのを待つ日々は、もういやだ。だが嫌悪し、こんなのはいけないと思えば思うほど、興奮してしまう。

誰にも痴漢のことは言えなかった。またひとつ、心に仕舞《しま》いこむ秘密が増えていく。——そう思っていた。その夜までは。

仕事を終えた多希が七時過ぎに駅に着くと、構内が騒がしかった。どうやら少し前に事故があったらしい。電光掲示板を見ると、ダイヤが大幅に乱れていた。

とりあえずホームにいる電車に乗ったが、一向《いっこう》に発車する気配がない。次々と乗客がやってきて、次第に奥へと追いやられる。

やっと電車が動き出した頃、多希は開いていたドアとは反対のドア付近で、身動きすら難しい状態になっていた。朝と同じ、いやそれ以上の混雑だ。帰りもこれだとさすがにきつい。本も取り出せず、時間つぶしにと持っていた携帯を弄《いじ》る。

母からメールが入っていた。日記のような内容だった。とても幸せそうだが、返信に困ってしまう。適当な言葉をつなぎ、こちらも変わりないから安心してと結んだメールを母に送る。携帯をしまいこんだ時、ふと後ろに立つ男の視線を感じた。

若い男が釣りあがった目でじろじろと見ている。多希と目が合っても、不躾《ぶしつけ》な視線を逸らしもしない。そればかりか、片頬を上げて笑った。

薄気味悪いものを感じて、目線を足元に落とす。男の茶色の靴が目に入った。

ターミナル駅に着くと、人が乗り込んできた。もう無理だと思っていたのに、更に押されて片足が浮きそうになる。

発車のベルが聞こえた。何度かドアが開閉してから、電車は重たげに動き出す。

後ろの男は不自然なほど多希にくっついてきた。電車が揺れる度に、密着してくるようだ。首筋に吐息が触れ、軽く身震いしたその時、だった。

「ひっ……」

何か硬いものが腰に押し当てられていた。その正体に気づき、全身がこわばった。

男はすでに勃起《ぼっき》していた。硬くなったそれを、揺れに合わせて押しつけられる。腰を掴んで引き寄せられ、突き上げるように卑猥《ひわい》な動きをされた。

同時に、ゆっくりと大きな手で尻を撫で回される。品定めするかのような執拗《しつよう》な手つきだった。手のひらが離れてもまだ熱が残る、ねばっこさに息を呑む。

男の手が前に回され、多希の股間《こかん》を揉みしだいた。露骨《ろこつ》な指遣いに膝が笑う。

与えられる刺激に体が反応していた。血が集まっていく感覚にかすかに喉《のど》が鳴る。男が小さく笑ったのが、耳にかかる吐息で分かった。

いつもの痴漢とは違う。下半身から震えが這い上がってきた。

スラックスの前が開かれる。男の手に迷いはなく、こんな行為に慣れていると教えていた。

「っ……」

手が下着の中にまで入ってきた。あやうく声を上げそうになり、慌てて唇を嚙む。

男は迷わず性器をなぶり始めた。軸全体を指で扱き、硬くなっていくのを確かめるように握ってはやわやわと揉む。絶妙な手つきに、無意識の内に吐息が零れた。

どうしよう、気持ちいい。ここは電車の中なので、たくさんの人がいるというのに、体が疼きだしていた。

「なんだ、かわいい顔して淫乱《いんらん》なのか」

ざらざらとした声で耳元に囁《ささや》かれた。

「ちがっ……」

「違わねぇよ。もうビンビンじゃん」

ほら、と男の手が多希の性器を下着の中で持ち上げてみせた。濡れた先端が下着と擦れ、腰に走る震えに戦く。男の手に捉えられたそれは、下着がきつく感じるほど昂っている。

いやだ。違う、興奮してない。そう否定したいのに、体が裏切った。裏筋を指で擦られ、喉がくっと鳴る。

前に立つ男が怪訝《けげん》な顔をしてこちらを見た。いたたまれずに唇を引き結ぶ。

こんな姿を見られたら、すべてが終わりだ。視界が潤む。唇を嚙んでいても声が出てしまいそうで、片手で口を覆った。頬がかっと熱くなっていた。

電車が減速する。反対側のドアが開き、少しだけ周囲の人が離れる。しかしすぐに入ってきた乗客のせいで、またすし詰《づ》めに戻った。その間も、男の手は多希の性器に絡みついたままだった。

男は容赦《ようしゃ》なく多希を弄《もてあそ》んだ。ぐりぐりと先端の蜜口《みつこう》を擦り、零れた蜜を先端に塗りつける。それから袋を持ち上げ、裏側にある縫い目を指で辿った。

「くっ……」

スラックス越しに、後孔《こうこう》の辺りをまさぐられる。男は多希にぴったりと体を密着させた。

「こっちはいけんの？」

首を横に振った。だが男は下卑《げび》た笑い声を上げる。

「良さそうな感じじゃん。なぁ、ここ、ガンガン突かれたいだろ。気持ちよくしてやるぜ」

これで、と昂りを押し当てられる。

そこを弄られたら、どんな感じがするのだろう。好奇心が頭を掠《かす》めたが、そんな世界に飛び込む勇気があるはずもない。黙って目を閉じた。次にこちらのドアが開いた時に、電車を降りてしまおう。それまでの我慢だ。

男は下着の中から多希の欲望を引き出そうとした。さすがにこんな公共の場で露出したくない。いやだと体をよじって抵抗するが、男の手は強かった。

このままだと、電車内で犯《おか》される。どうにか逃げようと顔を上げたその時、少し離れた場所からこちらを見ている視線に気づいた。

「あっ……」

そこにいたのは、制服姿の理だった。瞬きもせずにこちらを見つめている。いつもより温度の低い眼差《まなざ》しに、咄嗟《とっさ》に顔を背《そむ》けた。

だが理は、人波を強引にかきわけてそばにやって来る。

減速のブレーキ音と震動がした。バランスを崩した体が、後ろにいた男に抱きとめられる。男の手がやっと、性器から離れた。

駅に着いたらしい。反対側のドアが開いた時、理に手を掴まれた。

「こっちに来て」

強く体を引っ張られ、周囲に謝りながら理の横に移動する。体を触っていた男の舌打ちが聞こえた。

「……何されてたの」

いつも冷静な理とは思えない、怒りの滲《にじ》む声に背筋が凍《こお》りつく。男によって昂っていた体が、頭から水をかけられたように急速に冷えた。

「とにかく、ちゃんと直して」

そう言われて、自分の格好がどれだけひどいものか思い出した。慌ててスラックスの前を直すが、下着は既に先走りに濡れていて気持ち悪い。

刺さるような視線を向けられ、俯いた。理だけじゃない、周囲の人もきっと多希が何をされていたか気づいていたはずだ。

「ごめん……」

こんなところ、見られたくなかった。消え入りたいほど惨《みじ》めだ。

理は何も言ってくれない。彼の放つ鋭《するど》い気に、胃がひっくり返りそうになった。

どんな言い訳をしよう。必死で考えるが、何も浮かばない。このまま逃げ出したいが、理の手は多希の左手首を摑んだままだ。指の痕がつきそうな、その力が空恐ろしい。

駅に着いて改札を出るまで、理は手を離してくれなかった。

いつもより人が多い駅前のロータリーで、多希はごめん、と先を歩く理の背に声をかけた。

「……悪いけど、先に帰っててくれる？」

気まずさをどうにかしたくて提案したが、冷ややかな視線を返された。

「一人でどこかに行くつもり？」

帰るよ、と腕を引っ張られた。仕方なく歩き出す。理の眼差しが、口調が、何もかもいつもと違った冷たさに支配されていた。

家へと向かう間も、理は無言だった。ぴりぴりとした空気に声をかけることもできず、彼の数歩後ろを歩いた。

理の目に、自分はどう映《うつ》ったのだろう？　黙ったままの理が何を考えているのか分からず、怖くてたまらない。

理には、誰にも話さないよう言っておかなくては。痴漢にあってたことを、覚や父母に知られたくない。しかも自分は、はっきりと拒《こば》んでさえいなかったのだ。それを知られたら……。

ぐるぐると考えている内に、家に着いてしまった。

理はいつになく乱暴にドアを開け、玄関に多希を座らせる。

「何をされてたのか、説明して」

仁王立ちになった理の気迫にたじろく。見下ろす眼差しの鋭さに促され、言葉を探しながら口を開いた。

「痴漢に、あってた。怖くて、その……逃げられなかったんだ。混んでたから」

「逃げられなかった？　本気でそんなこと言ってるの」

理が顔を近づけてきた。探るように目を覗き込まれる。彼の瞳に、怯えた小動物のように震える情けない自分の姿が映っていた。

「で、痴漢は今日が初めて？」

「……なんでそんなこと聞くの」

鞄を意味なく抱きしめ、上目遣いに理を見た。

「人目も気にしないで感じてたからだよ。慣れてる感じだったじゃん。あいつ、誰？」

理は抑揚《よくよう》に欠けた口調で尋ねてくる。

「……知らない」

「知らない男にあそこまでやらせたのかよ」

腕組みした理は呆《あき》れたように言い、唇を横に引いた。

「まあいいや、何をされたか詳しく聞かせてもらうから。——覚、ちょっと来い」

理が大きな声を出した。

少しして、Tシャツにハーフパンツというラフな格好で覚が階段を下りてくる。覚は多希と理の顔を見比べ、戸惑ったように口を開いた。

「おかえり。……何かあった？」

「兄ちゃんが痴漢にあってた」

理は多希を見つめたまま、答えた。

覚は瞬きした後、多希の顔を覗きこんできた。本当かと問われたが、答えられなかった。

「しかもさ」

「理、言わないで」

鞄を放り出して、理の手にすがる。だがあっさりと振り払われた。そこでやっと、理の怒りを知る。彼はひどく怒っていたのだ。

「感じてたんだよ。目を潤ませて、顔を赤くして。しかも相手は知らない男だって」

「男？　兄ちゃん、男に触られて感じたの？」

覚が眉を寄せ、こちらに視線を向けた。彼の目にもまた、理と同じ怒りの炎があった。しかも彼のほうが鮮明《せんめい》だ。

「違う、違う！　無理矢理触られただけだよ。信じて」

ずっと逃げてきた現実を突きつけられ、必死で首を横に振る。

同性にしか惹かれない自分なんて、認めたくない。だがその多希が抱える秘密を、理があっさりと暴《あば》いてしまう。

「嘘つけ。男が好きなんだろ」

理の手が顎を摑んだ。凍りつくような眼差しを前にして、まるで蝶《ちょう》の標本になったかのように動けなくなった。

喉が震える。声も言葉も出なかった。ただじっと、心まで見通すかのような理の眼差しを避けるだけだった。

「……違うんだ……」

何度も口を開閉させてからやっと絞《しぼ》り出した声は、惨めなほど震えていた。

自分に言い聞かせるように、何度も違うと呟く。だが理は畳み掛けてきた。

「どう違うの？　男が好きじゃなきゃ、あんなに気持ちよさそうな顔はしないよ。自分がどんな顔してたか分かってて言ってるの？」

　きつい眼差しに怯《ひる》みながらも、首を必死で横に振る。

「僕は喜んでない。気持ちいい顔なんてしてないよ」

　必死で訴《うった》えるが、理の冷ややかな怒りも、覚の憤《いきどお》った様子も変わらない。

「知らない男にあんな顔を見せといて、よくそんなこと言えるね」

　理が髪をかきあげた。そしていつもは上品な笑みを湛《たた》えているその唇で、さも当然のように言い放つ。

「とにかく、兄ちゃんが男を好きなら、もう遠慮はいらないな」

　理が覚に向かって頷いた。覚は目を眇《すが》め、彼にしては随分とシニカルな表情を浮かべる。

　理が多希の目を見て口を開いた。

「せっかくいい弟でいてあげようとしてたのに」

「兄ちゃんが悪いんだからね」

　覚が語尾を引き取った。そして二人は、同時に口角を引き上げて笑った。それは普段の彼らから想像がつかないほど酷薄《こくはく》で、だからこそ魅惑《みわく》的な微笑みだった。

　二人に腕を摑まれ、強引に彼らの部屋へと連れて行かれた。手前が理で奥が覚の部屋になったと母から聞いていたが、ドアを開けると中はひとつにつながっていた。

元々ここは広めの洋室で、将来二人が成長した時に間仕切りをして二部屋に分ける前提《ぜんてい》で作られていた。しかし二人は、今もそのまま一部屋として使っているらしい。

壁にベッド、その横に机と本棚。同じ家具が対称的に置かれている。かすかに甘い果実のような香りがした。

右側のベッドに座らされる。すぐ脇の机にある参考書から推測するに、理のベッドのようだった。

「帰りの電車でどんなことがあったか、ちゃんと教えて」

右隣に腰掛けた理がおもむろに言った。教えられるはずもなく黙っていると、彼の手がそっと耳に触れた。

「話さないと、母さんに話すよ。兄ちゃんは電車の中で、男に痴漢されて喜んでたって」

「どんな顔するかな」

正面に立ったままの覚が続けた。

こんな淫《みだ》らで浅ましい自分を、母に知られたくなかった。彼女が多希に対して抱いているのは、おとなしくて優柔不断だけど真面目な息子というイメージだ。それは絶対に崩せない。崩してしまえば、母が大切にしている家族というものが壊《こわ》れてしまう。

多希にとって、母は唯一の肉親だ。その母を悲しませることは、絶対にしたくない。それをこの二人はよく分かっているのだ。

「それとも、兄ちゃんが男好きだって報告して欲しい？」

　理が多希の背に腕を回した。

「違う、僕は……」

「まだ否定するの？　知らない男に、ここを触らせて喜んでたのに？」

　理の手が、足の付け根付近を撫でた。

「そんなことまでさせたのかよ」

　鼻を鳴らした覚が腕を組んだ。いつも明るい彼の不機嫌さも、理とは違う意味で恐ろしい。

「そりゃあ母さんに言わないとな」

　二人の視線が突き刺さり、体を丸めた。

　今の自分に出せる答えは、ひとつしかない。車内での出来事を、正直に話すだけだ。たとえそれが、どれだけ屈辱《くつじょく》にまみれていたとしても。

「……ちゃんと、全部話すから、母さんには言わないで」

　悲愴《ひそう》な決意と共にやっと絞り出した言葉に、双子が顔を合わせた。

「……いいよ、約束する」

　そう言ってくれたのは理だった。

　仕方ない。深呼吸をしてから、ゆっくりと今日あったことだけを話し始めた。といっても、記憶は定かではない。途切れ途切れに、どこを触られたのかを思い出しながら口にする。

「お尻を触られて感じたんだ。で、次は下着に手を入れられた？」

床に座った覚が露骨な質問を投げてきた。

「いやだったんだ、でも怖くて……」

なんでここまで言わされるのか、と混乱した頭で考える。自分は被害者のはずなのに、どうして辱《はずかし》めを受けているのだろう。

「ここは触られなかったの？」

理の手が伸びてきて、シャツ越しに胸の突起《とっき》をまさぐられた。同じように覚も手を伸ばしてくる。

「ひっ……」

小さな突起に爪を立てられ、息を呑む。

「触られて、な……い……」

だからやめてくれと続けても、二人の耳には届かないようだ。強引に上着を脱がされ、シャツのボタンを外される。

「や、やめてっ……」

手を振り払おうともがくが、二人の力は強かった。ベッドの上に引き倒される。自分の部屋と同じ天井の模様が目に入った。

「見せてよ」

露《あら》わになった胸元を、右から理、左からは覚が、覗き込んでくる。

「小っちゃくてかわいい乳首だね」

覚がそう言って左の乳首を摘《つ》まんだ。これまで意識してなかった小さな突起は、彼の指によって疼きだし、存在を主張し始める。

右を向かされ、理に唇を塞《ふさ》がれた。すぐに舌が入ってきて、口内を舐《な》め回す。柔らかくぬめった粘膜が触れ合い、鼻から声が洩れた。

「んっ……」

理とキスをしている。なぜ、という疑問が猛スピードで脳裏を駆け回った。こんなの弟とすることじゃない。そう気づいた時には、既に戸惑いに竦んでいた舌を絡めとられ、痺《しび》れるほど吸われていた。

理には、ためらいも遠慮もなかった。舌先で頬の内側をくすぐられ、鼻から甘い吐息が零れた。

「キス、下手だね」

唇を離した理が目を細めている。ここまで深いキスは初めてで、まだ世界が揺れていた。なんだろう、今のキスは。あまりの衝撃に目を閉じられなかったせいで、理の顔をありえないほど近くで見てしまった。

「それもかわいいじゃん」

そう言って、覚が頭を撫でてくれた。

「なんで、こんなこと……」

今度は覚の整った顔が近づいてきて、慌てて目を閉じた。柔らかな唇が触れたかと思うと、すぐさま舌が入ってくる。理と同じように。

唇の裏側を尖らせた舌で辿られ、そこが感電したみたいに痺れた。

呼吸を奪うような口づけが続く。飲み込めなかった唾液《だえき》を舌でかきまぜられて、じっとしてられないほどの熱を感じた。

息が苦しい。もうやめて欲しくて覚の体を滅茶苦茶に叩いたが、彼はびくともしなかった。

どう考えたって、兄弟でこんな濃厚なキスをするのはおかしい。だからやめさせたいのに、二人の前で多希は無力だった。

「やっ……」

二人分の手が体中を這い回る。交互に唇を吸われ、どちらに何をされているのかも分からなくなった。

「体を調べるよ」

当たり前のことのように理が言い、そうだね、と覚が頷く。いやだと抵抗しても、二人がかりで押さえこまれて逃げられない。

肩を押さえつける力の強さで、やっと分かった。二人はもう、多希が知る二人ではないのだと。

ベルトを外され、下着ごとスラックスを脱がされた。手首を強く握られ、その痛みに小さく悲鳴を上げる。喧嘩《けんか》や暴力と無縁の人生を送ってきたせいか、多希は痛みに弱かった。

「もうやめて。触られただけだから、許して」

一体何を許して欲しいのかも分からずに口走る。

だが二人は納得してくれない。シャツも脱がされ、二人の前で靴下だけの姿になった。

成人男性にしては華奢《きゃしゃ》で、薄っぺらい体が明かりの下に晒《さら》される。

双子とは一緒に風呂に入っていた時期もあり、裸を見られても抵抗はないはずだった。

それなのに、じろじろと遠慮のない視線を感じて息苦しくなる。

かわいがってきた弟たちにこんな姿を強要される自分が、たまらなく惨めだった。

「兄ちゃんのここ、かわいいね」

理が多希の性器にそっと触れた。

「あんまり使ってないのかな」

覚がそう言って、ふっと息を吹きかけた。

確かに多希の性器は、年齢から考えると幼く見えるかもしれない。かろうじて露出した先端の粘膜も初々しい色味で、どう見ても使い込んだそれではなかった。

「兄ちゃんは女の子と経験あるの？」

理の問いかけから逃れるように、両手を顔の上でクロスした。

未遂《みすい》で終わった経験しかない。しかしそれを弟に知られるのは恥ずかしかった。いい年をして、と失笑されるのはいやだ。

「正直に答えて。兄ちゃん、もしかして童貞《どうてい》なの？」

「……」

無言を答えと受け取ったのか、双子が顔を見合わせた。

どれ、と覚が多希の欲望を無造作に摑んだ。

「やめっ……」

数度扱かれ、そこはあっさりと立ち上がってしまった。

信じられない。思わず自分の目で確かめる。天井を仰ぐそれに、覚の手が絡みついていた。

直視した光景が忘れられずに、頭を打ち振る。嘘だ、弟に触られて、こんな……。

「……じゃあ男の経験は？」

理の指が、少し開いた足の奥へと伸びてきた。最奥《さいおう》の窄《すぼ》まりをそっと撫でてから、理が指を押し当てる。

「くっ……」

信じられない場所に入ってこようとする指に、目を見開く。

「きつそうだ。なんか全然経験ない感じだよ。変なとこに力が入っちゃってる」

「じゃあ処女《しょじょ》ってこと？」

覚が声を弾ませた。嬉しそうな様子に戸惑う。そもそも、処女とはどういう意味だろう。

理の指が窄まりから離れ、ほっと息を吐く。しかし彼はその指を、多希の欲望へと這わせていった。覚の手に重ねるようにおいて、そっと上下に動かす。

「いい加減にやめて、二人とも！　頼むから、もうっ……」

足をばたつかせて逃げようとしたが、叶わない。二人は多希の欲望に絡みつかせた指を、競い合うように早くしていった。

「うっ……」

先端を覚の手のひらに包んで揉まれ、蜜口から先走りが滲み出した。

「こんなに大きくなった。気持ちいいの？」

理の指が、昂りの根元から先端までをすっと撫でる。そこで生まれた熱が、体中を駆け巡った。

自分の手で慰める快感とは、比べ物にならなかった。圧倒的な喜悦《きえつ》に押し流される。

「理、やめ……覚も、手、離し、て……」

絶頂の予感に全身が震えた。強弱をつけて扱かれ、腰が揺れる。

「んっ……出、る……やだ、出ちゃうよっ……」

「いいよ、いっぱい出して」

覚の指が先端の窪みを擦った。未経験の刺激に、痙攣《けいれん》したように体をびくつかせる。

「くっ……んっ、い、くっ……！」

一気に高みへと押し上げられ、頂点で弾ける。打ち上げ花火にでもなったみたいだった。強烈な絶頂に体がついていかず、しばらく腰を突き上げ続ける。

最後の蜜を吐き出したところで、その場に脱力した。

「すごい出たね」

「見てよ、ほら」

頭の後ろに覚の手が置かれ、下肢が目に入るよう持ち上げられた。

臍《へそ》の窪《くぼ》みにまで飛び散った白濁《はくだく》を、呆然《ぼうぜん》と見つめる。——嘘だ。こんなこと絶対に、嘘だ。

体の反応が己のものと思えず、否定の言葉ばかりを頭に思い浮かべた。

弟の手で、射精してしまった。あまりの出来事に混乱し、落ち着かなく目をうろうろと泳がせていると、二人の手が足首を持った。

足を開かされる。絡みつくような視線を二人分浴びて、恥ずかしさに身を竦めた。

「もうやめて、許して……」

誰にも見られたことのない場所まで見られて、今更ながら強い羞恥心《しゅうち》がわきあがってきた。体をどうにか隠そうとするが、二人に阻《はば》まれる。

無残な姿を、弟たちの欲望を隠さぬ眼差しの前に晒した。歯を食いしばり、恥辱《ちじょく》に耐える。そうしないと泣き出してしまいそうだった。

「くっ……」

どちらかの指が、後孔《こうこう》に触れた。乾いたそこを指で弄られ、痛みに呻《うめ》く。

「これ、いきなりは無理だよ。かなり狭い」

そう言ったのは覚だった。彼の声にはどこか楽しむような響きが滲んでいる。

二人は痴漢に襲われていた多希を怒っていたはずだ。それなのにどうして今、多希を辱めているのだろう。二人の意図を考えたその時、理が小さな声で笑った。

「徐々に慣らしていけばいいさ。覚、ローションあるだろ」

自分の体の上で繰り広げられる会話に血の気が引く。

「や、やめて……」

このままでは犯される。どうにか逃げようとずり上がるが、理に肩を押さえられた。

「もう、離して……いやだよ、こんなこと」

そう口にしながらも、指の一本さえうまく動かせない。

覚がボトルを手に戻ってきた。それを多希の開いた足の間に傾ける。

「ひっ……冷た、いっ……」

液体にしては随分とぬめるものが、股間を濡らした。覚はそれを手のひらで塗りたくり、指で後孔を押し開いた。たっぷりとローションを注がれる感触に眉を寄せる。

「やっ、やだ、気持ち悪いっ」

内側を強制的に潤んだ状態にされ、生理的な嫌悪から鳥肌が立った。不快でたまらず、靴下を履《は》いたままの足でシーツを蹴《け》ってもがく。

そんな多希に構わず、覚が後孔に指を埋《う》めた。引きつるような痛みに眉を寄せ、違和感をどうにかしたくて息を吐き出す。

「痛い？　気持ちいい？　どっちかな」

「いた、いっ……」

そんな場所で感じるはずない。そう思えば思うほど、体が昂っていくのが分かった。爪先までじんじんと熱くなる。

「あうっ……」

更に指が入ってきて、目を見開く。理もまた、多希のそこに指を差し入れていた。

二人の指が一本ずつ、奥まで入ってきた。圧迫感が二倍になり、苦しさにシーツに頭を擦りつけて呻く。

ぬちゅぬちゅと卑猥な水音がして、窄まりを指でかきまぜられた。そこにひそむ、かすかな喜悦に驚愕《きょうがく》する。

「や、二人とも、やめっ……て……」

両側から伸びてきた指が、協力して入口を広げていく。タイミングを合わせたように引き抜かれたかと思えば、ばらばらに出入りする。

たった二本の指に翻弄《ほんろう》され、息が上がった。ふっと体が軽くなって視線を泳がすと、理が離れていくところだった。体内にはまだ、覚の指が残されている。

「ひっ……や、そこっ……だめぇ……」

内側のなだらかな隆起に触れられた途端、粘膜がとろりと蕩《とろ》ける。経験したことのない性感に戸惑うように、毛穴がぶわっと開いて汗が噴き出した。

「あ、ここだ」

覚が嬉しそうにそこを指の腹で撫でた。体が跳《は》ね上がり、心音が激しくなる。

慣れない快感が広がり、熱を放ったばかりの欲望が力を取り戻すのが分かった。

「んっ、やぁっ……」

覚の指が引き抜かれ、たまらず声を上げた。

未熟な粘膜は潤いを与えられ、いつしか快楽の泉と化していた。

もっと、と口走りそうになり、慌てて唇を噛む。

衣擦《きぬず》れの音に顔を上げると、ベッドから降りた理が、その場に制服を脱ぎ捨てていた。優等生然とした外見にそぐわぬほど引き締まった体に、息を呑む。

多希の視線に気づいた理は、屈みこんで額にキスをくれた。それから見せつけるように下着を下ろしていく。その動きから、目が離せなかった。

現れた理の欲望は、既に腹部へつきそうなほど昂っていた。記憶の中にある同級生のそれより、更に大きく卑猥なフォルムだ。太くてはっきりと段差があるくびれは、先端から零れた蜜で濡れ光っている。

覚が理の手にローションを垂らした。理はそれを彼自身の根元から先端まで塗りつけた後、多希の視線ごと扱くように手を上下させた。

「兄ちゃん、後ろ向いて」

覚に体をひっくり返される。シーツの上に這いつくばり、腰を突き出す姿勢に固定された。犯される。そう分かっているのに、指の一本さえ自由にならない。

尻の狭間を割り開かれた。むき出しになった後孔に、濡れたものが押し当てられた。

「うわっ……」

内襞《うちひだ》を擦り上げるようにして、熱く硬いものが入ってくる。理の性器だ。貫《つらぬ》かれる衝撃で体が崩れ、昂りをシーツに押しつけてしまった。

「んっ……う……」

　窄まりをこじ開けられ、苦しさに眉を寄せた。内臓がせりあがってくる。異様な感覚に、頭を打ち振る。

「もう、やめっ……て……」

　理の欲望が脈打つのを感じ、頭が白くなった。他人の熱が体の内側にあることが、信じられなかった。

　しかもその相手が、弟だなんて、ありえない。あっちゃいけない。

　だがその禁忌《きんき》を犯している背徳《はいとく》感が、興奮を呼んだ。いけないと思うからこそ、そこに快楽を見つけてしまう。理の息遣いや肌の感触にさえ興奮してしまう自分は、もうどこかねじが緩んだとしか思えなかった。

「じゃあゆっくり、ね」

　理の手が腰に回された。そして彼の上に乗っかるよう抱えられる。

「ひぃっ……」

　足を大きく開かされ、理の屹立をさらに深みまで呑み込んでいく。

「すごい、きついな」

　理の掠れた声が、まぼろしのように思えた。これが現実でなければいいと願うが、痛みが夢じゃないと教えていた。

「やっ……だっ……うぅっ……」

時間をかけてすべて呑み込んだ時には、全身が汗で濡れていた。体のどこにも力が入らない。

「全部入ったよ」

それが事実であると知らせるように、後ろから体を揺すられる。悲鳴は声にならなかった。

「すげぇ広がってる。きつそうだな」

覚が多希の足の間を覗き込んできた。そして指で、多希の後孔がどれだけの無茶を強いられているか確認してくる。

「うぅっ……触らないで……」

指が窄まりの縁に触れ、背筋に痺れが走った。

「慣れるまでちょっと待とうか。すっかり萎《な》えちゃってるから」

理は多希の柔らかくなった性器を手のひらに包み、弄んだ。

「覚、口でしてやれよ」

そう言って、理は多希の屹立を持ちあげた。頷いた覚の手が内腿にかかる。唇を舐めた彼は、多希の欲望に顔を寄せていく。

「嘘っ……」

信じられない。覚は多希のそれを口に入れ、なんのためらいもなく吸いついた。

熱くて濡れた感触に驚いて腰を引く。そうすると理を更に奥までくわえ込む羽目になり、体が跳ねた。

「やだ、理も覚も、やめっ……」

屹立の根元にある袋を覚に揉まれ、全身が熱くなっていく。舐めしゃぶる巧《たく》みさに、あっさりと体は陥落した。気持ちよくてたまらない。手で扱かれた時よりも強烈な感覚に、腰の奥が疼いた。

勝手に腰が揺れる。逆らいがたい快楽の波に揉まれる内に、最奥がいつしか柔らかくなり、理の屹立を包むように収縮《しゅうしゅく》していた。

「あんっ……」

甘ったるい喘ぎを堪えられない。一度口をついてしまえば、それはひっきりなしに飛び出した。

引き離そうと覚の頭に手を置く。だがいつしかその手は、彼のくせのない髪をかきまぜていた。まるでもっと欲しいとねだるみたいに。

「あっ、だめ、離し、て……」

達してしまいそうになり、慌てて覚の髪を引っ張った。顔をしかめた覚と目が合う。彼は見たことがないほど色気のある、男の顔をしていた。

「あっ、いっ、ちゃう……覚、離してっ」

覚の口内に放つなんてできない。だけど甘い声が零れて止められなくなる。

「なんだよ、いきたくないの？」

覚が不服そうに言い、口を離した。そして多希の欲望の先端を、舌でぺろりと舐める。

「やっ……んっ……」

危なく達しそうになり、太腿に力が入った。ぷるぷると震えだす。

「あんまりいかせたら、兄ちゃんが疲れる。覚、少し手加減しろよ」

理が微苦笑しつつ言った。

「あ、そうか。それもそうだね」

覚が口を離す。それから彼は、臍の周辺を舐めてから、多希の上半身に手を這わせた。

「そろそろいいかな」

理に腰を摑まれて、体を揺すられた。

「少しずつ、慣れてね」

さっき見つけられた弱い場所を、硬い肉棒で擦られる。痛みと衝撃に快感が混じり、訳も分からず頭を打ち振った。

後ろから理に耳朶《じだ》を嚙まれた。首筋に吸いついていた覚も、耳に舌を差し入れてくる。

競うように前後から耳を責められて、息も絶え絶えになった。シーツを握り締め、全身を突っ張らせる。

　やがて、くちゅくちゅという水音がすぐそばで聞こえた。

「あっ……」

　信じられない光景に、瞬きを忘れて目を見開く。

　二人がそこで、唇を重ねていた。よく似た顔を寄せあい、目を開けたまま舌を絡めあう姿は、恐ろしいほど淫靡だった。

「な、なんで……」

　二人は双子の兄弟なのに、どうしてキスをしているのだろう。信じられずに惚《ほう》けた声を上げてしまった。

「兄ちゃんがびっくりしてる」

　理の笑い声が耳をくすぐった。

「別にいいじゃん、キスくらい」

　覚はそう言い、見せつけるように理の唇を舐めた。

「兄ちゃんもして欲しい？」

　理はその端整な顔に、うっとりするような甘い表情を浮かべて囁いた。おいで、と甘い誘惑《ゆうわく》が多希を包む。二人とキスをするって、どんな感じだろう——。

　答える代わりに、目を閉じた。唇の表面を舐められる。どちらかは分からない。上と下の唇をそれぞれ違う角度から舐められ、開いた隙間から舌が入ってくる。

「んんっ……」

口の中を舐め回される。口角を舌で押し開くようにされ、零れた唾液を啜《すす》られた。

「すごいね、三人でキスするなんて」

覚の吐息が唇にかかる。

「やっぱり兄ちゃんだったんだね。俺たちを受け止めてくれるのは」

「そうだな。……だけどこんなに兄ちゃんがいやらしいなんて、計算外だった」

二人の会話の意味も分からないまま、交互にされるキスに酔《よ》う。もう誰の舌で、誰の唾液なのかも分からない。これはもう、キスを越えた淫靡な行為としか思えなかった。

「弟にこんなことされちゃって、恥ずかしい？」

後ろから聞こえてきた理の声に頷くと、前から覚の声がした。

「恥ずかしいのに、こんなに感じてるんだ」

それが事実だと教えるように、多希の昴りを覚が指で弾いた。揺れた反動で、先走りが零れて軸を伝い落ちていく。

「動いていいかな」

理が問いかけた相手は、覚だった。

「ああ、大丈夫そう。いっぱい声を上げてね、兄ちゃん」

覚の手が頬に触れた。いつも明るく笑っている彼の瞳が、多希を見つめたまま細められた。

「兄ちゃん、苦しい？」

体の奥がいっぱいで、身動きも辛い。小さく頷く。

「でもその苦しいのが、気持ちいいんだよ」

「気持ち、いい……？」

「そうだよ。これが気持ちいいってことなんだ」

理に言われると、なんだかそんな気もしてくる。この辛くて不自由な感じは、気持ちいいのかもしれない……。

「余計なことを考えなくていいから、俺たちに全部任せて」

覚が唇を啄《つい》ばんだ。

「ああっ……！」

後ろから突き上げられ、その衝撃に息を呑む。

自分の体がばらばらになってしまいそうだった。突き上げられる度に、力の抜けた足がシーツの上を滑った。

「吸いついてくる感じで、すごくいいよ。もう出ちゃいそうだ」

理が早口で言い、多希の腰骨を掴んだ。円を描くように揺すられ、弓なりになって喘ぐ。

どこを擦られても声が出てしまう。

「ん、なんか俺も、いい感じになってきた。……兄ちゃんの体、やらしいね」

覚がそう言って、多希の頬を舐めた。服を着たままの彼は、多希の乳首を摘まみながら、唇を重ねてきた。尖らせた舌で唇の形を辿り、強弱をつけて唇を吸われる。

「あっ、んっ……」

弱いところを貫かれ、我慢できずに声を上げた。そこに先端を押しつけられると、細胞が歓喜《かんき》するのが分かる。

「気持ちいい？」

理が囁き、耳の中を舐めた。体の奥がずっしりと重苦しい。その窮屈さがまた熱を呼ぶ。

「気持ちいいなら、ちゃんとそう言って」

「そうだよ、教えてくれないと分からないよ」

二人に繰り返される内に、頭の芯が蕩けていった。そしてついに、理性がどこかへと吹っ飛んでしまう。

「……い、い……気持ちいいっ……！」

口にした瞬間、胸のひっかかりが取れた。すっと軽くなった胸に、悦楽《えつらく》が入り込んでくる。

「そこ、いいっ……」

素直に答えた分だけ、快楽が体にしみこむ。

「感じてる？」

「ん、感じちゃう……」

舌足らずに告げると、二人は声を立てて笑った。

「兄ちゃんはかわいいな」

覚がそう言って、乳首をきつく摘まんだ。痛みさえも悦びに変わる。靴下の中で足の指がきゅっと丸まった。

覚の左手が多希の性器に絡みつく。指の腹で血管を根元から辿り、くびれの裏側を親指で擦られる。その動きに合わせて、腰を振った。

「うわっ、すごい絡みついてきた」

理が湿った息を洩らした。その吐息が残した艶《つや》やかな響きに、産毛《うぶげ》が逆立つ。

「やっ、あっ……そこっ……」

腰を固定され、猛《たけ》りきった欲望を打ち込まれる。先端をぶつけられた最奥がぎゅっと締まった。体の中が勝手にうねり、理の欲望を味わいだす。

「っ……いくっ……」

歓喜に溺《おぼ》れた体が、頂点を求めてぶるぶると震えだした。

「まだいっちゃだめ」

覚に根元をぎゅっと握られて、その痛みで気が逸れた。それでも、そこが爆発寸前なことに変わりはない。

「いきたい時は、いかせてって言ってね」

理の台詞に、そんなの言えないと首を振る。だが何度も繰り返される内に、それが呪文のようにインプットされていく。

「……いかせて……」

気がつくと、腰を振りたてながらねだっていた。

「これからは俺たちにしか触らせないね？」

覚がこの場にそぐわないほどの優しい笑顔で問いかけてくる。手を差し伸べられ、引き寄せられるように彼へとすがりついた。

「ほら、約束して」

後ろから理に揺すられ、何度も頷いた。だが二人はそれで満足してくれず、理が耳元に囁いた台詞を言わされる。

「触らせない、から……いかせて、もうっ……」

口にした途端、どっと汗が噴き出した。あまりの気持ちよさに、体が溶けてしまいそうだ。

彼らに支配されることで湧《わ》き上がる喜悦に陶然《とうぜん》としたまま、早くこの熱を放出したくて、はしたなく体を上下させた。覚の肩を摑んだ指先が冷たくなる。

「記念撮影しておこうか」

覚が机に手を伸ばした。デジタルカメラを向けられ、冷水をかけられたように頭がざっとクリアになった。

「やだ、やめっ……」

こんな姿を撮られたくない。そこまでは許してくれと訴えたが、覚は聞いてくれなかった。

「理、もうちょっと兄ちゃんの足を広げといて」

「ん、これくらい？」

太腿の内側に理の手が回り、容赦なく足を開かされる。

こんな格好では、全部見られてしまう。理の欲望に貫かれた後孔やはしたなく昂る熱も、下腹部に残る白濁さえも。

目の前が白く光る。写真を撮られているのだと気づいても、どうすることもできない。

「いい眺めだよ。……やっぱ好きな相手を撮ると興奮するな」

覚は上ずった声でカメラを構え、多希に恥ずかしいポーズを強要した。

「うわ、なんか手が震える。理、気持ちいいんだろ」

「ああ。お前も分かるだろ」

二人の会話が耳を通り抜ける。

「すげぇよ、兄ちゃん最高……」

覚がうっとりとしながら写真を撮り続けた。気が遠くなるほど長い時間そうされていたのに、何故か欲望は萎えなかった。

「……じゃあ兄ちゃんをいかせてあげようか」

覚の左手が、多希の性器を握る。右手はカメラを持ったままだ。

「これからはいく時、ちゃんといかせてくださいってお願いしてね」

「約束だよ」

額に口づけられ、がくがくと頷く。理の右手が覚の左手に重なり、強く扱かれた。

「あっ、いく、いっちゃうっ……。いかせて、くださいっ……」

「いいよ、ほら」

許可を与えられ、嬉しさに視界が潤んだ。

他人に射精をコントロールされる。そこに快楽があるのは、どうしてだろう。しかも相手は、かわいがってきた弟たちなのに。

何度もカメラの光を浴びながら、意識は黒く塗りつぶされていく。

抗《あらが》うことなどできない、強制的な愉悦に突き落とされる。そこにあるのは、駆け上がるのではなく、底のない沼に沈み込むような快楽だった。

「おはよう」

「パン焼けたよ」

翌朝、多希を待っていたのは、普段と同じ双子の姿だった。制服を着て、手分けして朝食を準備している。

椅子に腰かけた多希は、目の前で動く二人を呆然と見つめた。

彼らの振舞いは、昨日までと全く同じだった。殆ど眠れず、部屋から出るのすら迷った自分がおかしいのだろうか。

「「いただきます」」

二人が声を合わせた。そして同時に、多希に問いかけてきた。

「「どうしたの？」」

二人の顔を真っ直ぐに見られず、かりかりに焼けたトーストの表面に視線を落とす。

昨夜の記憶は、途中からひどく曖昧《あいまい》だった。

あの後、覚にも抱かれた。正面から足を持ち上げられ、自分の昂りが目に入る姿勢で犯された。奥まで抉《えぐ》るように穿《うが》たれ、最後は顔に自分の白濁を浴びた。その姿さえも、カメラに収められてしまった。

腰の奥はまだ疼き、鈍く重たい痛みに支配されている。指先もかたかたと震えていた。

「怯えなくてもいいよ」

理の声に顔を上げる。彼は王子様のように優雅で上品な笑顔を浮かべていた。

「そうだよ。俺たち、約束は守るから」

ね、と覚も笑いかけてくる。顔のパーツは同じでも、覚の表情は太陽のように明るかった。

何も言えず、トーストを一口かじりついた。昨夜から何も食べていないが、食欲は全くなかった。口に入れたパンの味もよく分からない。

目の前にいる弟たちの姿が、ぼんやり遠くに見えた。二人は何故、あんなことをしたのだろう。聞きたくても、怖くて聞けない。

牛乳でなんとかパンを流し込み、歯を磨く。そそくさと家を出て駅に向かっていると、後ろから二人に追いつかれた。制服姿の双子が並んで立つと、妙な迫力があった。

「途中まで一緒に行こう」

そう言って歩き出す。色違いの鞄を反対の肩にかけて歩いていく彼らは、とにかく人目を惹いた。駅に着くまで随分と女性の視線を感じた。

二人の後ろについて歩く自分は、一体なんだと思われているだろう。俯いて身を縮めながら、改札を抜けた。

混み合うホームで、はぐれないようにと理が背に手を回してくる。その手が自分よりも大きなことが、さらに気分を沈ませた。

三人で電車に乗り込む。理と覚は多希を囲んだ。混み合った車内では、どうしても二人と密着する。

「少し熱っぽい？」

理の右手が額に当てられた。

「……大丈夫だよ」

少し背を屈めて覗き込んでくる理の目には、昨夜のような怒りはなかった。

「なに？」

あまりにじっと見つめすぎていたのだろう、理が穏やかに問いかけてくる。その唇に目が奪われた。

「なんでも、ない……」

彼の唇に触れた感触を思い出し、発火したように頬が熱くなる。二人を見分けるアクセントとなるほくろが、今はひどく艶《なま》かしいものに見えた。

目線を自分の胸元まで下げ、電車の揺れに身を任せる。今日は二人に囲まれているから、卑劣《ひれつ》な痴漢にあわないだろう。そこまで思ってから、自嘲《じちょう》気味に頬を歪めた。

昨日の痴漢なんて、その後に起こったことに比べれば瑣末《さまつ》なことだった。

義理とはいえ兄弟、しかも双子の両方に抱かれてしまった。平凡な自分の人生には、ありえないはずの出来事だった。

流されるように二人を受け入れてしまった自分が信じられない。あの時の自分は、まるで別人だった。

冷静になって考えてみれば、痴漢にあってたと母に知られたほうが良かったと分かる。感じてしまったのはただの生理現象だと言い張れば、それで母も納得したはずだ。

そこまで考えられずに、二人に抱かれた。自分の愚《おろ》かさが腹立たしくて、この場で叫びだしたい衝動にかられて宥《なだ》めるのに必死になる。

なんて淫らで、不道徳なことをしてしまったのだろう。満員で湿った車内の空気が気持ち悪くなり、片手で口元を押さえた。

「どうしたの？」

覚が顔を近づけてくる。鼻先に彼の吐息を感じた瞬間、びくっと体が震えた。

「……なんでもない」

首を振ると、彼らの肩に当たりそうになった。いつの間にか、すっぽりと胸の中に収まりそうになっていた。

ぼんやりと窓の外を眺めた。いつもと同じ風景なのに、どうしてか霞《かす》んで見えた。

アナウンスが聞こえてきた。もうすぐターミナル駅だ。減速した車内でバランスを崩さないよう、足に力をこめる。

ターミナル駅に到着すると、すぐにドアが開く。

「じゃあ、いってきます」

二人はそこで降りて行った。彼らが通う高校は、ここで乗り換えてあと二駅先だ。

人口密度が一気に下がった車内で、やっと深く息を吐けた。

近くにあったポールを握り締める。いつの間にか手もじっとりと汗ばんでいたらしく、金属がとても冷たく感じた。

これから、どうなってしまうのだろう。俺たちにしか触らせないね、という二人の言葉が耳に残っていた。あんなことは一晩限りの幻《まぼろし》であれと祈りつつ、ポールをぎゅっと握った。

次の駅で降りて、会社へと向かう。腰の辺りが痛重く、いつもより時間をかけて会社に辿りつく。エレベーターで酔いそうになった。

自分が著《いちじる》しく不安定なのが分かる。それも当然か、あんな場所に……。

「っ……」

口を手で押さえる。じゃないと、こみあげてくる不快感を吐き出してしまいそうだ。

自分の席につくと、まずため息が出た。周囲に誰もいなくてよかった。

立ちくらみしつつ朝礼を乗り切り、仕事を始める。だけどどうも集中できない上に、今日は斉藤が休みなので話し相手もいない。ただパソコンに向かっているだけで、抜け殻になったみたいにぼうっとしては我に返るのを繰り返した。

課長が席を外したタイミングで、大きく伸びをした。斜め前に座る女子社員が立ち上がり、多希の机に手をのせる。

「これ、どうぞ」

机の上に置かれたのは、チョコレートとキャンディだった。

「戸川さん、顔色が悪いですよ。そういう時は甘いものでもどうぞ」

顔をあげると、ね、と微笑まれる。多希より少し年下の彼女の気遣いが嬉しかった。

「どうもありがとう。……早速いただきます」

チョコレートを口に含む。糖分が体に行き渡り、やっとエンジンがかかり始めた。

会社で余計なことは考えないでおこう。そう決めて伝票を手に取った。

だがあんな強烈な体験が、そう簡単に頭から離れてくれるはずもない。

そっと唇に触れた途端、二人の唇の感触を思い出して震えが走った。駄目だ、仕事しよう。パソコンに向き直る。キーボードを押すスピードがいつもより早く、乱暴になった。

その日は残業するほど仕事はなかった。いつもは飲みに行こうとうるさい課長も、今日はおとなしく帰る支度をしている。

　定時に仕事を終え、会社を出た。真っ直ぐ家に帰る気になれず、駅の付近をうろついてみる。しかしうまく時間をつぶせる場所が思いつかなかった。

　結局、いつものように駅へと向かってしまう。ホームに立ち、線路に目を落とす。じっと見ている内に、レールと同化したい衝動に駆られる。もしもここから飛び降りたら、どうなってしまうのだろう――。

　隣のホームを電車が通り抜けて、慌てて顔を上げた。自分の考えていたことが信じられない。慌てて一歩下がり、肩の力を抜く。

　情緒《じょうちょ》が安定しないまま、電車を数本見送った。そしてやってきた、いつもと違う色の電車に乗る。普通電車だ。快速なら三十分で着くところだが、これだと小一時間かかる。少しでも家に帰る時間が遅くなるはずだ。

　座れたので鞄を膝に置き、両手で顔を覆った。

　いっそこのまま、どこかへ消えてしまいたい。昨日の自分ごと削除《さくじょ》できる魔法はないだろうかと願ったが、そんなものはもちろんあるはずもなかった。

　すっかり暗くなった窓の外を眺める。その内に、胃のあたりが痛み出した。

　どんな顔をして彼らに会えばいいのだろう。そしてこれから、どうやって同じ家で過ごすべきなのか。いや、そもそも家に帰る必要があるのか……。

考えても考えても答えは出ない。たぶん自分は今、すべてにおいて混乱している。何が正しくて何が間違っているのか、その判断ができそうにない。

もてあました迷いや戸惑いを吐き出そうと、深く息を吐く。駅が近づくにつれ、心拍数が上がっていった。

最寄り駅のホームに電車が停まった。ドアが開いても、そのまま動かなかった。このまま乗っていれば、どこまでいくだろう。降りたことのない駅まで行ってみようか。何もかも捨てて誰も知らない場所へ。

そう考えたものの、発車直前に立ち上がって電車を降りた。ホームの隅に立ち尽くし、走り去る電車を見送る。

意気地なしの自分には、ここですべて捨てる選択肢などない。

今の自分には、あの家以外に行く場所はないのだ。たとえ心安らぐことはなくても、父と母に約束した双子の世話だけはやらなくては。

家に近づくにつれ胸が痛くなるのを自覚しつつ、歩くこと十分。家には電気が点いていた。

玄関のドアを開ける。ちょうど理がペットボトルを片手に階段を上がるところだった。

「おかえり、兄ちゃん」

振り返った彼に微笑まれた。いつも通りの、柔らかな笑顔が眩しくさえ思えて、俯いた。

「た、ただいま」

そのまま理は、多希に何も言わず階段を上がっていった。

玄関に立ち尽くす。どんな顔をすればいいのかと悩んでいたが、朝と変わらず理はニュートラルだった。

今日の夕食は、昨日の残りのカレーライスだ。たぶん覚が作ったのだろう。味見をしたら、スパイシーでとてもおいしかった。

サラダの準備をしていると、覚がキッチンに顔を出した。

「おかえり、兄ちゃん」

「ただいま」

覚の顔も、どうにも見られない。シンクを見つめたままで呟く。

覚が冷蔵庫から牛乳パックを取りだした。それを軽く振って、眉を寄せる。

「あー、もう牛乳ないや」

「え？　あ……ごめん、忘れてた」

今日の帰りに買ってこようと思っていたのに、すっかり忘れてしまっていた。

「ちょっと買ってくるよ。俺、朝は絶対に飲むから。あと何かいるものある？」

「特にない、かな。何か食べたいものがあったら買ってきて」

母から渡されている家計用の財布から適当に千円札を数枚抜いて渡した。

数十分後、覚は牛乳とスナック菓子を手に戻ってきた。ちょうどご飯が炊けたので、理を呼んでくるように頼む。すぐに二人揃ってキッチンに入ってきた。

「そういや、兄ちゃんはビール飲まないの？」

覚は冷蔵庫に牛乳をしまい、父用のビールの缶を持ち上げる。理はその横で、カトラリーを準備していた。

「得意じゃないんだ。すぐに真っ赤になって、眠くなっちゃって」

「そうなんだ。じゃあこれ、俺らで飲んじゃおうか」

覚が真顔で言った。

「えっと、その……。お酒とか煙草とかはまだ駄目だよ。未成年なんだから」

勇気を出して注意する。覚は眦《まなじり》を下げた。

「冗談だって。俺たち、そういうとこ真面目なんだよ」

「もっと楽しいことがあるからね」

理の含みのある言い方がひっかかったが追及《ついきゅう》せず、二人用の大盛のご飯にカレーをたっぷりかけた。

三人でダイニングテーブルにつく。

あまり食欲はなかった。スプーンでカレーをすくっては、ゆっくり口に運ぶ。

二人は学校の話を始めた。三年生に進級し、双子は隣のクラスになって学校でもよく顔を合わせるらしい。

何もなかったような二人の態度を見ている内に、昨夜の出来事は自分の妄想《もうそう》に思えてきた。

すべて忘れよう。あれは夢だった。そう考えると、すごく楽ではないか。

思いついた名案に気持ちが軽くなり、多希はスプーンを握り直した。少しだけ、食欲が戻ってきていた。


その晩、名案はただの浅はかな思いつきだと多希は思い知らされた。

風呂に入ろうと一階に下りる。リビングで覚が理にデジタルカメラを見せていた。多希に気づいた彼らが、濡れた髪のまま手招《まね》きしてくる。

「兄ちゃん、ここに来て」

「いいもの見せてあげる」

いやな予感がしてその場に固まる。覚に手首を掴まれ、ソファに腰を下ろすよう促された。

二人の楽しげな様子が恐ろしい。急に自分を包む空気が温度を下げた。

風呂上りらしい彼らからは、同じ柑橘《かんきつ》系の香りがした。

「これ、どう？」

二人が見ていたのは、昨夜撮られた多希の写真だった。一目で気づき、直視できずに顔を背ける。

「ちゃんと目を開けて。すごくいい写真だよ」

ほら、と再び液晶画面を見せられた。見たくなくて目を閉じたが、顎を摑まれて見ることを強要される。それでもきつく目をつぶり抵抗していると、耳元に理の唇が当たった。

「兄ちゃんが見ないなら、これを母さんに見せようか。一体なんて言うだろうね」

理の声は平坦で、特別な感情が汲《く》み取れなかった。だからこそ、とても怖い。

こんな写真を母に見られたらおしまいだ。母の嘆き悲しむ姿を考えると、二人に従うしかなさそうだった。

仕方なく薄く目を開ける。そこには、信じられないほど淫らな生き物が写っていた。

下腹部を白濁で濡らしながら、男に貫かれた自分。欲望の先端を潤ませているところも、欲情した目も、半開きの唇から覗く舌の赤さまでも、鮮明に撮れていた。だけど理の顔は映っていない。

「たくさんあるんだよ」

ほら、と覚が画面を切り替えていく。現れた写真はどれもひどく淫猥《いんわい》で、到底直視できるものではなかった。

こんな写真を撮られ、彼らに逆らえなくなった。そう考えた途端、胸の奥がざわめく。逆らえない？　じゃあずっとこのまま、二人の好きなようにされてしまうのか？

「お願いだから、消して」

誰かに見られたら終わりだ。母だけじゃなく、父や親戚、友人、もしかして会社にも……。想像しただけで背筋が凍る。

頭がぐらぐらと揺れた。自分から遠い場所で心音が鳴っている気がする。カメラを取り上げなきゃと思うのに、指が動かせない。

「これだと、よく見えないな」

理が呟いた。

「そうだね。邪魔だから、剃《そ》っちゃおうか」

「……え？」

邪魔だから、剃る。理の放った言葉の主語が分からずに目を瞬いていると、理に手首を摑まれた。

「これからお風呂に入るんでしょう？　一緒に入ろうか」

バスルームに連れて行かれ、服を脱がされる。暴れても、多希に勝ち目はなかった。二人に裸にさせられ、湿ったタイルに座らされる。

双子は交互に服を脱ぎ捨てた。さほど広くないバスルームに三人もいると、うまく身動きも取れない。

「やだ……」

覚が剃刀《かみそり》とジェルを手に近寄ってくる。そこでやっと、これから自分が何をされるのかに気づいた。邪魔だと言われたのは、体毛のことだった。

強制的に足を開く形にされ、手早くジェルが塗られる。ばたつかせた足が、覚に当たった。

「暴れると怪我するよ。これ、剃り落としちゃってもいいの？」

剃刀を手にした覚に凄《すご》まれ、仕方なく足から力を抜いた。本気でそこを傷つけられそうで、怯えのあまり声も出なくなる。

「元々、すごく毛が薄いね」

多希の下生えを理が摘まむ。軽く引っ張られ、眉をしかめる。下手に動くと剃刀が当たりそうで恐ろしい。

「肌もつるつるだよ。ずっと触ってたい感じ」

覚が太腿を撫で回す。その手にぐっと力が入り、剃刀が下腹部に押し当てられる。

じょりじょりと単調な音が繰り返された。

二人分の視線と肌の上を刃物が滑る感触に、ぞくぞくと震えが走る。急所に冷たい感触が触れ、脂汗《あぶら》が滲んだ。少しでもずれたらと想像すると、息を吸うことすら怖かった。

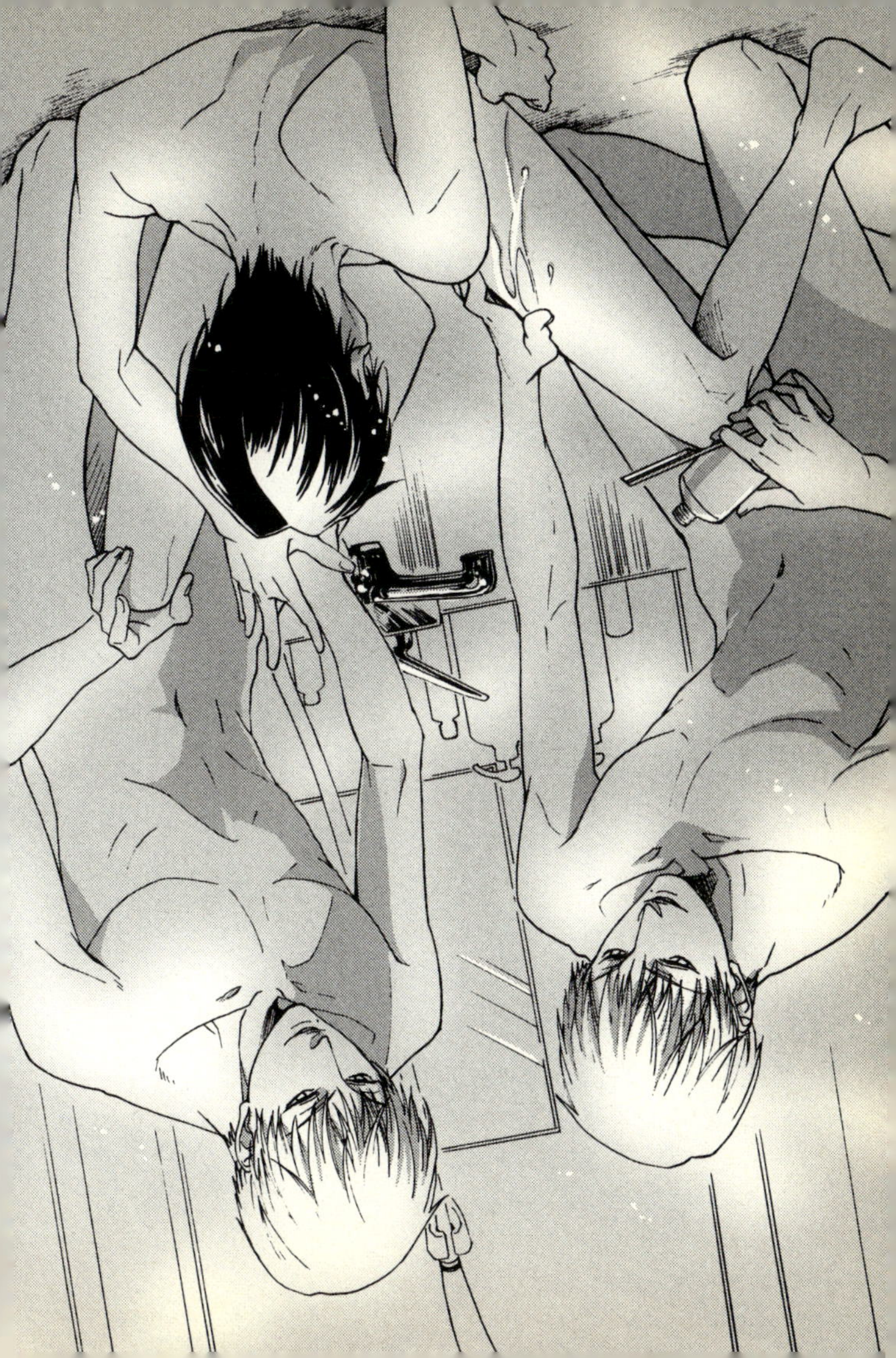

身動きできない窮屈さと刃物の恐怖に、体温が下がっていく。金属の感触が離れる頃には、すっかり体が冷え切っていた。

「綺麗になったよ」

シャワーで洗い流され、子供のように丸見えになった部分が露わになった。

「ほら、ちゃんと見せて」

理に言われ、閉じようとする足を開かされたその瞬間、体が爆発しそうなほど熱くなった。

そんなに見ないで欲しい。このままだと、視線に感じてしまう。

「ここ、大きくなってる」

理の指が、多希の性器をぴん、と弾く。

「本当だ。毛を剃られて興奮しちゃった？」

後始末を終えた覚も、同じように爪先で弾いた。その刺激に、じゅくっと先端が潤む。

「嘘、だ……」

こんなことで興奮なんてしてない。否定したいのに、覆うものがなくなったそこは下腹部につかんばかりに存在を主張していた。

理は、なるほど、と声を上げた。

「兄ちゃんは恥ずかしいところを見られると興奮するんだ。たとえ無理矢理でも」

冷静な口調で性癖を分析された。その屈辱に、どうして自分の体は昂るのだろう。

「あ、だから痴漢にも感じてたんだ。そっか」

膝を抱えて小さくなった。自分がとんでもなく淫らな生き物だと思い知らされる。

「兄ちゃんがそこまで淫乱だと思わなかったな」

酷い言われ様に、唇を嚙みしめた。かわいがってきた弟たちに蔑《さげす》まれ、涙が滲む。どうしてこんなにも、二人と距離ができてしまったのだろう。冷え切った体をかき抱いた。

「ここに手をついて」

理はバスタブの縁を叩いた。

「ほら、早く」

見下ろす眼差しに、逆らうという選択肢は浮かばない。ふらふらと立ち上がり、バスタブを握った。タイルに膝をつく。

「今日はもっといやらしいことしてみよう」

バスタブの縁に座ったままの覚に、右手首を摑まれた。

「あ……」

指が覚の口内に吞み込まれていく。温かく濡れた感触に包まれ、指先が火照りだした。

唾液を絡められ、音を立てて吸われる。爪先を甘く嚙まれ、そこに心臓が移動したみたいに脈打ちだした。

唾液が滴《したた》るほど指を濡らされ、息が苦しくなる。覚の口から指を引き出されると、既に視界がけぶっていた。

「ここに指を入れてみて」

後ろに回された指で、自分の最奥を暴くよう命じられる。

「いや、無理……」

そんな淫らな真似はできないと首を振った。しかし手首をがっしりと覚に押さえられ、尻の狭間に導《みちび》かれる。

「こっちも濡らしてあげないと」

理がそう言い、双丘《そうきゅう》を割り開いた。そしてそこに、シャワーをかけられる。

「やっ、お湯が……入って、くるっ……」

昨夜の陵辱《りょうじょく》で少し腫《は》れぼったくなっていた窄まりが、強制的に濡らされていく。ぬるいお湯は、肉づきの薄い双丘から太腿を伝い落ちた。

逃げるように腰を揺らしても、シャワーで追いかけられる。やっとシャワーが止まった頃には、何故か息が上がっていた。

「ほら、まずは一本、入れてみなよ」

覚に唆《そそのか》され、人差し指でそこに触れた。左手でバスタブの縁を掴み、崩れ落ちそうな体を支える。

「や、……熱、いっ……」

ゆっくりと指を入れてみる。第一関節を挿入した状態で固まった。自分の中に、ここまで熱い場所があるなんて知らなかった。

「ここに俺たちのを入れて、気持ちよくなったでしょ？」

覚の手が添えられ、指を奥へと押し込める。初めて触れて確認した自分の内側は、柔らかく湿っていた。

指を抜き差しさせられ、がくん、と体から力が抜けた。

「あんっ……」

「弟に犯されて、女の子みたいな声を出したんだよね。ほら、ちゃんと中を触ってみて」

理の囁きに、耳まで犯される。

まるで指紋を残すかのように、粘膜を隅々までまさぐった。自分のそこがどれだけ柔らかく潤むかを確認させられる内に、いつしか自主的に指を抜き差ししていた。

惨めで屈辱的な行為に、どうして快楽が伴うのだろう。熱を持ったままの下肢に、血液が集中していく。

かすかな隆起を指が感じ取る。そこを押した瞬間、感電したような痺れが全身に広がった。

「あぁっ……！」

「そこが兄ちゃんのいいとこだよ。覚えてね」

強烈な感覚に突き動かされて、腰を揺らす。自分が今どんな卑猥な動作をしているのか、考える余裕も理性もなかった。

「自分の指でもそんなに気持ちよくなるんだ」

理の冷静な声色が恥ずかしさを倍増させる。自分だけが乱れていると知っただけで、体が火照ってしまう。

「ほら、もっと広げないと俺たちが入れないよ」

覚が頭を撫でてくれた。背中にかわいい、と口づけが落ちてくる。

言われるまま、自らの指でそこを受け入れる器にすべく準備する。恥辱に満ちた作業に頭の芯が霞み、二人に言われるままそこをかき回した。

「どう、指に吸いつく感じ、分かる？」

理に言われなくても、自分の後孔がどれだけふしだらかは分かった。ねっとりと指に絡みつき、しゃぶるような動きをする。自分の指だと、分かっているのに。

「もうよさそうだね」

覚に手を引っ張られ、そこから指を抜きだす。そこが名残惜《なごりお》しげにひくついた。

「今日は俺から、ね」

解《ほぐ》れたそこに、覚の熱が押し当てられる。焦らすように表面を撫で、足の付け根を辿り、双袋の裏をつつく。そのじれったい動きに、たまらず足を開いて誘うように腰を突き出した。どれだけ淫猥な振舞いをしているのか、考える理性はもうなかった。

「やっ……く、るっ……」

覚がゆっくりと、彼の楔《くさび》を押し込んでくる。粘膜を巻き込むようにして入ってくるそれは、火傷《やけど》しそうなほど熱かった。

どうしよう。いきなり襲ってきたのは、恐ろしいばかりの喜悦だった。痛みも違和感もなく、ただひたすらよくてたまらない。

バスタブの縁を握った手に力をこめた。そうしないとその場に突っ伏しそうだった。

「根元まで入ってる。だいぶ慣れてきたね、兄ちゃん」

ご褒美のように頭を撫でられ、喉を鳴らした。触れられたすべての場所が感じてしまう。ただ感じるだけの人形になったみたいだ。

「ほら、俺ももっと良くして」

口元に理の熱が突きつけられた。浮き上がった筋を見せつけるように軽く扱き、多希の目の前に持ってくる。

緩々《ゆるゆる》と押しつけられたそれが、唇を割った。

「んっ……」

大きく口を開けないと、呑み込めない。顎の力を抜いて、なんとか招き入れる。

頬を締めつけるようにして出し入れすると、理がぐっと体を押しつけてきた。

「うぐっ……！」

喉奥を突かれ、苦しさに呻く。鼻先を彼の下生えがくすぐった。

「焦っちゃ駄目だよ」

覚にたしなめられ、理がそっと腰を引いた。口から熱が引き出され、肩から息を吐く。

「ごめんね。じゃあゆっくり練習してみようか」

そう言って、理が濡れた髪をすいてくれた。うっとりとその手に身を任せていると、覚が腰を引き、再び奥まで打ち込んでくる。

「ああんっ……」

はしたない声がバスルームに響いた。すっかり柔らかくなった後孔が、覚の屹立を味わうように収縮する。覚の昂りの形を、そこはくっきりと感じ取った。

「あっ……いい、もっと……！」

もう何も考えられない。与えられる快楽の波に揺られ、促されるままタイルに手をつき、犬のように這った。

口元に突き出された理の性器を舐めしゃぶり、覚に貫かれて揺さぶられる。

血がつながっていないとはいえ、弟、しかも双子の両方とつながっている。こんな淫らなことをしていいはずがない。頭では分かっていても、体が裏切り暴走していく。

与えられる刺激はすべて気持ちよかった。快楽を貪《むさぼ》る獣に成り果て、ただ感じるまま声を上げ続ける。

「うわっ、なんだよ、これ。……く、出す、よ」

理の声が掠れた。彼の体に力が入り、後頭部を両手で包まれる。

「ん、んっ……！」

喉に注がれる精液の熱さに驚き、頭を引いてしまった。一瞬の間の後で、頬と唇に、生温かいものが飛び散る。

「あーあ、少し顔にかかっちゃったね」

理の手が、多希の頬と唇をそっと拭った。

「ほら、舐めて」

言われるまま、突き出された指に顔を寄せた。そっと舌を伸ばし、それに触れる。弟が放ったものを舐めさせられる。その屈辱が興奮を呼んだ。こんなこと、正気じゃできない。つまり自分は、もうおかしくなっているんだ――。

「やべぇ、兄ちゃんの中、めちゃめちゃいい……」

覚の呻きが無防備な背中に降ってくる。

「やっ……んっ……」

弱みを擦られ、のけぞって喘ぐ。覆う下生えがなくなった多希の性器からは、大量の蜜がタイルに滴っていた。まるで粗相《そそう》をしたかのようだ。

体はもう爆発寸前だった。のぼせてしまったみたいに朦朧《もうろう》としたまま、覚のリズムに合わせて身をくねらす。

「っ、い、く……」

獰猛《どうもう》に突き上げられ、歓喜の声が迸《ほとばし》る。

「いく時はちゃんと言わないと駄目だよ。なんて言うんだった？」

多希の横に膝をついた理が、唇を指で撫でてきた。

「もう、いかせて、くださいっ……」

お願いします、と意識せずとも丁寧《ていねい》な言葉遣いになった。無言で差し出された理の指に吸いつき、舌を這わす。

「前も触っていないのに、後ろだけでいっちゃうの？」

覚のからかいが耳をくすぐる。

「ん、いく、後ろだけで、いっちゃう……」

あと少し。濡れた粘膜を擦りたててもらい、絶頂への階段を登っていく。

ぱん、と派手な音がバスルームに響いた。

「あぅっ……！」

覚の前に突き出した尻を、平手で打たれていた。肉を打たれる音と鈍い痛みに、全身に電流が流れる。手足が震え、体重を支えきれずにタイルに突っ伏した。

「あっ、で、るっ……」

指が濡れたタイルの上を滑った。淫らに腰を振りたくり、駆け上がってくる熱を放出した。

「うっ、俺もいくっ……」

痙攣する体に、覚の熱が撒き散らされる。中を濡らされる感触を喜ぶように内壁が締まった。

「叩かれていっちゃったんだ」

理の声に顔を上げる。見下ろす彼の目に嗜虐《しぎゃく》の色を見つけ、息を呑む。彼は多希を辱めることで、興奮しているのだ。

「こっち、触ってないのにね」

力を失った多希の性器に、覚が指を絡ませた。そしてそのまま、残滓《ざんし》を塗りこめるような抽挿《ちゅうそう》を繰り返す。

熱が冷めない。一度放ったくらいじゃ、この興奮はおさまりそうになかった。

「抜くのもったいないなぁ」

余韻《よいん》を楽しむよう、覚に体を揺すられる。背骨を確認するように這い上がってきた彼の指に、背をしならせて小さく喘いだ。

「すげぇいいよ。兄ちゃんの中にずっといたい……」

しばらく覚は多希の体を撫で回した後、屹立をずるりと抜いた。彼が放った熱が零れそうになり、入口が無意識に窄まる。

タイルに手をつき、乱れた息を必死で整えた。窄まりに覚の形をした空白ができたようで、それが寂しくて腰を揺らしてしまう。

「次は俺だよ」

くるりと体を返され、脇の下に理の腕が回される。そのまま体を抱え上げられた。

「ほら、足を開いて」

タイルに腰を下ろした理の上へと後ろ向きに跨《また》るよう促され、力の抜けた体でなんとか従う。すると足をM字に開脚させられてしまった。

「あっ……く、る……」

理の欲望が、体にできていた空白をぴったりと埋めてくれた。

タイルに膝をついた覚が、開いた足の間に身を置く。そして嬉しそうに多希の足の付け根を覗き込んだ。

「うわっ、俺が出したのが出てきてるよ。やらしい眺め。写真に撮っておきたいな」

そう言いながら、覚は多希の屹立から袋までを指で辿り、更にその奥へ指を下ろしていく。

理を受け入れていっぱいに広がった後孔を、覚の指が撫でた。そしてその指は、ゆっくりと窄まりの縁を辿る。

「やだ、やめっ……」

全身から血の気が引いた。こめかみを伝った汗が、閉じられない口に入ってくる。

「動かないで」

覚が鋭い声をあげ、反射的に体をこわばらせてしまった。

「くっ……やっ……」

覚の指が、入ってくる。指は理の性器へと吸いつくように密着していた粘膜を引き離し、中をまさぐるように動き出した。

「なんか変な感じ」

理はくすくすと笑いながら、多希の耳朶を齧《かじ》った。鈍い痛みに身をよじる。

「はうっ」

衝撃に目を見開く。中に入ってきた指が、快楽のスイッチを押したのだ。息が止まりそうなほどの強烈な刺激に、体が跳ね上がる。

「すごい締まった……。ちぎれそうだ」

理が辛そうな声を出した。

「本当だ、指も痛いくらいになってきた。……ここ、気持ちいいでしょ」

あんな大きなものだけでも苦しいのに、更に指が一本、入っている。その指を動かされ、粘膜の柔らかさを確認するように撫でられた。

「やだ、やめっ……」

暴れようにも、後ろから理に羽交《はが》い絞めにされた状態では不可能だ。足だけをばたつかせて悶えたが、かえって深くまで理の欲望を呑み込むだけだった。

「お願い、覚、やめてっ……」

その内に、広げられたそこから奇妙な痺れが広がりだした。指先まで熱くなり、じっとしていられなくなる。

しかし二人は多希の体を愛しげに撫で回すだけだった。もどかしさに体が焦れ始め、指を閉じたり開いたりしながら、かすかな刺激を逃すまいと神経を張り詰めていく。

「あ、やめっ……」

理の指が右の乳首に触れた。軽く捻られ、爪を立てられる。それだけでも十分に感じるのに、正面から覚がそこに吸いついてきた。

乳首を弄る理の指ごと、覚が舐めた。指と舌に刺激され、そこがじんじんと熱を持つ。

「やっ、乳首だめっ」

「だめじゃないじゃん、こんなに感じてて」

理の声がうなじをくすぐった。

「乳首でいけるようになるといいね」

覚が吐息を乳首にかけた。こちらを見上げた彼は、無邪気に笑っている。

覚は鎖骨《さこつ》の辺りまで舐め下ろし、強く吸いついてきた。きっと痕が残ってしまうだろう。歯を立てられ、その痛みにすら高まっていく。

「兄ちゃん、すごい気持ちよさそうな顔をしてる」

覚の囁きを否定できない。目の前がずっと潤んだままで、体はどこもかしも良くて、夢の中にいるようだった。

「じゃあちょっと、やってみろよ」

理に言われた覚が、多希の中に埋めたままだった指をゆっくりと引き抜く。そして再び指が埋められた。楔とはまた違った感覚に、内襞が潤みだしたような錯覚に襲われる。

「理はどう？」

覚の指が中でうごめく。くすぐったいような感覚に、口元がだらしなく緩んだ。唾液が零れて、顎を伝う。

「こら、遊ぶな」

理が呼吸を荒くした。後孔の中で、覚が彼の欲望に触れたらしい。へへ、と覚は悪戯《いたずら》が成功した子供のように笑った。そしてまた指を動かし、理にくぐもった声を上げさせる。

多希の体を使って、二人も感じあっているみたいだ。

「あんっ……そこ、もっと……」

理のくびれが弱みを擦り、甘い声を上げる。

「兄ちゃん、かわいいなぁ」

覚が唇を近づけてきた。触れるだけでは済まず、濃厚なキスに惑わされる。

「んんっ……」

絶頂に向かう準備はすっかり整っていた。だけど決定的な刺激が足りない。もっとどうにかして欲しくて、多希は二人に言われるまま体を上下させ、理の熱と覚の指を味わった。

拙い動きでも、快楽を得ることはできる。淫らに腰を振りたくり、我慢できずに自分の昂りに手を伸ばす。しかしその手は覚に止められた。どうして、と覚を見上げる。潤んだ視界の中で、彼はにっこりと笑っていた。

「お願いを忘れてるよ」

「んっ、いき、そう……お願い、いかせて……ください」

すんなりとねだる言葉が口をつく。もう意識の中に叩き込まれてしまったかのようだ。

腰骨に手がかかり、奥までぐっと理の屹立に貫かれた。

背中に何かがぽたり、と落ちた。それは理の汗だった。

涼しい顔をしているように見える彼もまた、興奮している。そう気づいた途端、爆発するような歓喜が多希に押し寄せた。

「いいよ。ほら、いきな」

覚の手が乳首に触れる。右、左と交互に弄られ、息が上がった。

ぐぐっと奥まで楔を打ち込まれ、腰を回される。震動が切なげに揺れる多希の欲望にまで伝わってきた。

「かわいい顔、見せてよ」

「ん、いくっ……出ちゃう……」

理の熱と覚の指を締めつけながら辿りついた頂点は、強烈過ぎた。途切れそうな意識の中、理の大好き、という囁きが聞こえた。その言い方は、昔の彼そのままだった。

朝の電車の中も、二人にとっては格好の遊び場だった。

「声を出さないようにね」

そう言って、正面に立った理にずっと乳首だけを弄られ続けた。布越しに擦られたそこは、痛いくらいに尖っている。

「兄ちゃん、感じてるんだ」

後ろから覚が耳元に囁き、つつっと背中を撫で下ろした。その刺激にさえ膝が笑う。その場に倒れこみかけた体を、覚が抱きとめてくれた。

再び理の指が動きだす。着ているシャツの感触を教えるように、指の腹で擦られる。もどかしさに太腿を摺り合わせた。

どうにか気を逸らそうと、窓の外に視線を向ける。建築中のマンションのシートが、太陽を浴びてきらきらと輝いていた。その眩しさが、今は直視できない。

「どこを見てるの？」

よそ見を咎《とが》めるように、理が乳首の周辺を引っかいた。

「うっ……」

駄目だ。このままでは声が出てしまう。唇を噛み、もうやめてくれと首を横に振る。だが理は許してくれなかった。

やがて、放っておかれた右側の乳首まで疼きだした。左側ばかりを執拗に弄られていたのに、そちらもいつしか芯を持って立ち上がっている。布に擦れる些細《ささい》な刺激にさえ、吐息が零れてしまった。

こっちも触って欲しいとねだったら、二人はなんて言うだろう。蔑むような目で、淫乱だと笑ってくれるだろうか。

想像しただけで目が潤み、頬が上気する。

もっと。右も。その言葉が口から出かかった時、覚が窓の外を眺めつまらなそうに呟いた。

「あー、もう駅か」

名残惜しげに、親指と人差し指でぎゅっと摘まれた。

「ひぃっ」

電車がブレーキをかけて減速する。そのおかげで、多希の声はかき消された。

もう少しで、達してしまうところだった。まだ膝ががくがくと震えている。その姿を見た双子は、顔を見合わせて意味ありげに笑った。

ドアが開く。乗客の多数がそこに向かっていく。多希は慌ててその流れから外れた。

理は流し見るだけで黙って歩き出し、覚はひらひらと手を振ってその後に続いた。ホームは人でいっぱいだ。二人は揃って出口へと歩いていく。動き出した電車からその姿を眺め、なんとか熱をやりすごそうと息を吐いた。

弄られた乳首が、まだ熱を持っている。深く息を吐いても熱は逃げてくれず、かえってそこばかり意識してしまう。

反対側も、同じだけして欲しかった。頭に浮かんだ願いのあまりのはしたなさに赤面する。この妄想が車内にいる他の乗客に知られている気がして、消え入りたくなった。

二人に抱かれてから、多希の理性はほんの少しを残してどこかへ旅立ってしまったようだ。やめなくてはと思うのに、触れられただけで簡単に熱が上がる。ひとたび興奮してしまえば、一回の射精では終われなくなる。

自分の中に、こんなにも淫らで貪欲《どんよく》な獣が住んでいることを、多希は知らなかった。どうして二人は、この体に執着《しゅうちゃく》するのだろう。そして彼らの要求は、どこまでいくのか。次の駅で降りるまで考えても、答えなど分かるはずもなかった、

駅を出て会社までの道を歩く。会社につくとほっとした。ここなら仕事のことしか考えなくて済むからだ。

席に着き、早速置いてあった書類を眺め、平静を取り戻そうと深呼吸する。朝礼を終える頃には、随分と気持ちが落ち着いていた。

ただどうしても、トイレに入る時だけは緊張する。誰にも無毛の下肢を見られたくなくていつも個室を使っているのだが、それを奇異の目で見られないかと意識してしまうのだ。むき出しになった性器はひどく心許《もと》ない。それを見ただけで気が滅入り、席に戻ってもすぐには仕事モードに切り替えられなかった。

その日は午後に入っても、やる気が出なかった。小さく洩らしたため息を聞きつけたのか、隣の席の斉藤が椅子ごと寄ってきた。

「どうしました?」

「……ちょっと、目が疲れたみたいで」

やる気がないと悟《さと》られないよう、机の引き出しから目薬を取り出してごまかした。

「ずっとディスプレイを見てるからですよ」

そう言った斉藤もなんとなく手持ち無沙汰《ぶさた》のようだ。伸びをしながら口を開く。

「倉庫の整理をやりませんか。いつかやろうと思ってずっと放置してたんですけど、特に急ぎの仕事もないから気分転換に」

「そうだね、やろうか」

このまま席にいても、仕事に集中できないだろう。それならば別のことをしたかった。

「私も手伝います。なんかやる気が出なくって。五月病かもしれませんね」

斉藤の前に座る女性社員が、会話に入ってきた。

「まだ四月だよ」

斉藤に突っ込まれたが、彼女は笑うだけだった。

その場にいた課員三人とも、なんとなく仕事に身が入らないようだった。月の半ば、急ぎの仕事がない上に、課長が会議でいないせいか。

「じゃあやりますか」

斉藤の一言で、地下にある倉庫に向かう。初めて入った倉庫は、かびくさかった。スチールラックに段ボールが所狭しと積み上げられていて、埃もすごい。

「ここがうちのゾーンです。保管期限は箱の側面に書いてますので、切れてるやつは廃棄《はいき》に回しましょう」

斉藤の指示で、手分けして保管期限が恐ろしく前に切れた書類箱を棚から下ろしていく。

埃で白くなった箱を開け、中身を確認した。

「うわ、これ期限が昭和です」

女性社員が咳《せ》き込みながら言った。多希が開けた箱も似たような時代の物だった。

みんなで喋りながら、箱を開けてみる。単純作業は、頭を空っぽにしてできるから楽だ。

「あー、これって専務の名前だ」

「見て見て、これ、私が生まれた年の書類です」

書類を見ながら喋っている内に、話の内容が雑談へと変わっていく。

「俺ね、もうコンビニ弁当から卒業しようと思うんですよ。飲みに行くのも控《ひか》えようかと」

斉藤がぼやいた。健康診断の結果が悪かったそうで、最近の彼は健康志向だ。

「それには課長の誘いをうまく断らないと駄目ですよ。斉藤さん、課長のお気に入りでしょ」

女性社員が鋭いツッコミを入れた。確かに彼はよく課長に誘われている。

「そうだよな。あとは自炊にチャレンジしたいけど、難しそうだしなぁ。戸川さん、なんか簡単な料理から教えてくださいよ」

書類箱を運搬用のカートに載せた斉藤にそう言われた。

「え、戸川さんって料理できるんですか」

好奇心に目を輝かせた女子社員に聞かれ、それなりに、と頷く。

「得意というほどでもないけど、一通りはできると思う……かな」

「戸川さんって弟と暮らしてて、食事作ってあげてるらしいよ」

見習わないと、と斉藤が続けた。

「へー、毎日作ってるんですか？」

今まで必要最低限の会話もしてこなかったためか、女子社員は多希のプライベートに興味を隠さない。じっと見られるのは得意じゃないので、目線を上げないまま答えた。

「早く帰れる日だけ。月の半分は母親がいるし、弟たちも料理はできるから」

「それでもすごいですよ。戸川さんって素敵な旦那さんになりそう」

「俺は？」

斉藤は汚れた手を払ってから、自分を指差した。

「えっと、斉藤さんは……」

「なんだよ、その微妙《びみょう》な間は」

すぐそばで繰り広げられる、テンポのいいやりとりは聞いているだけで楽しくなる。会社でこんなに会話が弾んだのは初めてだった。

「戸川さんのとこ、仲がいいですよね。俺にも兄がいますけど、ろくに口きいてないですよ」

仲がいい。斉藤の一言に他意はないと分かっていても、素直に認められなかった。

兄弟という線引きは、とっくに飛び越えてしまった。今はもっとインモラルな関係に陥《おちい》ってしまっている。だがそれは当然、誰にも知られてはいけない秘密だ。

秘密という名の背徳感は、多希の体に蛇《へび》のように絡みついて離れない。意識しまいと思っても、何かのきっかけで息が苦しいほど締めつけられてしまう。

「年が離れているからじゃないかな」

そう言ってごまかすのが、精一杯だった。

「あ、そうかもしれないですね。年が近いとつまんないことで喧嘩になるから」

斉藤の意見に、女子社員が首を傾げた。

「うちの弟は私より二歳年下だけど、私の下僕《げぼく》ですよ」

「それは怖いお姉ちゃんに逆らえないからだよ。間違いないね」

言いきった斉藤の真顔が面白くて、多希はつい笑ってしまった。

「もう、戸川さんまで笑わないでくださいよ」

「ご、ごめん。じゃあこれ、運びましょうか」

カートに手を置いて笑いをかみ殺した。

倉庫から不要になった書類を運び、処理業者に任せる手続きをする。

仕事と関係ない話で気が紛《まぎ》れたし、程よく疲れた。久しぶりに笑って、気分もすっきりしている。

席に戻って斉藤と今後の仕事の進め方を話していると、課長が戻ってきて手招きされた。新しい仕事の打診だった。断る理由もないので引き受けると、任せたぞ、と肩を叩かれる。ついでに今夜、飲みに行かないかと誘われたので、それは辞退させてもらう。弟の面倒を見ていると最初に話してあるから、課長も強くは誘ってこなかった。

「また今度、誘ってください」

笑顔でそんな社交辞令まで口にする自分が不思議でたまらない。こんなに社交的な面を自分が持っていたなんて驚きだ。いつの間に、本心とは違うことを笑って口にできるようになったのだろう。

仕事は楽しいし、今の課のメンバーはみんないい人たちで不満はない。こんなにいい環境で仕事をするのは初めてだ。

辛い時も頑張ってきてよかった。会社という逃げ場があるからこそ、今はなんとか自分を保っていられる。そうでなければ、自分はとっくに壊れてしまっていただろう。

仕事を終えて、家に帰る。気分はいつも重く、足取りはゆっくりだ。

家に帰るのが怖いのに、どこかに寄り道しようという考えは浮かばなかった。今夜もまた双子に抱かれると分かっていて、それでも家に帰ろうと自然に足が動く。

父や母への義務感ではない、別の何かが多希を操っているようだった。その正体が分からず、自分自身に薄気味悪ささえ覚えた。

駅に着くと、快速を見送り、普通電車に乗り込む。携帯電話に入っていた母からのメールを読んだ。来週に帰ってくるという一文に、ほっとする。

だがすぐに、どうしようもない焦りを覚えた。母に双子との間に起きたことを知られないためにも、これまでと同じように振舞わなくては。

携帯をぎゅっと握り締めた。単調な電車の揺れに身を任せながら、目を閉じた。

このままどこかへ消え去りたい。最近、電車に乗るといつもそればかり考えてしまう。いつまでこの、爛《ただ》れた日常が続くのだろう。時間が経《た》てば、二人は多希を抱くことに飽《あ》きてくれるのか。

そもそも、双子はどうして多希を嬲《なぶ》るのだろう。あれだけの容姿をした二人なら、彼らを好きになってくれる女の子がたくさんいるはずで、その中の誰かと付き合えばいい。血がつながらないとはいえ、幼い時から共に過ごした兄を相手にする必要はない。

二人は一体、どんな相手を選ぶのだろう。全く想像ができなかったばかりか、頭に思い浮かべるだけでどうにも落ち着かない気持ちになる。

駅を出てから家に近づくにつれ、息苦しくなった。一度足を止めると動けなくなりそうで、ただ黙々と家へ向かった。

その日の夜、食後の後片付けを終えて部屋で本を読んでいると、階段を上がってくる足音が聞こえてきた。

今夜もまた、陵辱が始まる。今日はどんなことを要求されてしまうのだろう。

本を置き、目を閉じた。覚悟はできていたけれど、それでも怖かった。それは双子に対する恐れというより、彼らによって与えられる悦楽に溺れ、乱れる自分への怯えだった。

初めて知った自分以外の体温が、こんなに気持ちいいものだと知らなかった。いつでも従順に快楽を貪ろうとする自分の淫らさが、何よりも多希を苦しめている。

どこまで堕《お》ちていけば、気が済むのだろう。自分に問いかけても、答えは出ない。だけど来週になれば、母が帰ってくる。その後は、少し我慢すれば連休だ。そこでどこかへ逃げてしまおうか。

ぼんやりと考えたものの、行動力がない自分がどこまでできるのかは疑問だった。いつもこうだ。考えても悩んでも、何ひとつ実行できない。情けない自分に呆れる。

自己嫌悪に陥り、湿ったため息を吐《つ》いた時、ドアがノックされた。

息を呑む。もう一度、ノックされた。何かに導かれてゆっくりと立ち上がる。

ドアを開けると、そこには二人がいた。

「今日はどんなことしようか、兄ちゃん」

笑顔を向けられた瞬間、喉が張りつきそうなほど渇《かわ》いた。吸い寄せられるように二人に向かって足を進める。

罠《わな》があると知っていて飛び込む自分は、きっと愚か者だ。


「ただいま」

数日後、家に帰るといちごの甘い香りがした。

「おかえりなさい」

母の声が聞こえる。母は今日から、こちらで過ごすことになっていた。

キッチンに顔を出す。母が大鍋を木べらでかき混ぜていた。

「すごいにおいだね。ジャムかな？」

春になると、母はいちごのジャムを煮る。毎年の恒例行事だった。

「そうよ。そろそろ出来上がるんだけど、ごめんね。作り始めるのが遅かったのよ」

母はジャムを一滴水に垂らし、固さを確認して火を止めた。

「たくさん作ったね」

鍋を覗き込む。ふつふつと煮えている赤い液体から、むせ返るような芳香がした。

「二人とも好きだから、これでもすぐになくなっちゃうのよ」

母は眉を下げて笑った。

子供の頃、多希はこの甘ったるいにおいがあまり得意ではなくて、母がキッチンで作業中は近づかなかった。どうにも頭が痛くなるのだ。特に母と二人で狭いアパート暮らしだった時は、一日においが気になって眠れなかった。

だが双子は違ったようで、母がジャムを煮始めると寄ってきて鍋を覗き込んだ。覚は熱い状態をそのままスプーンですくって舐めてしまい、口の中を火傷したこともあった。

「父さんは元気だった？」

「ええ、元気よ。仕事が忙しいみたいだけど、楽しそうだわ。多希はどう？」

母が手を休めずに声をかけてくる。

「今の仕事場はすごくいい人ばかりなんだ。まあまあ忙しいけど、頑張ってるよ」

あえて双子のことは口にしなかった。

「よかったわね。やっぱり人間関係って大事だもの。……着替えていらっしゃいよ。二十分くらいでご飯だから」

母に促され、鞄を手に二階へ向かった。自分の部屋に入り、スーツを脱ぐ。

これから自分は、双子の世話をする優しい兄という仮面を被る必要がある。そんなに難しくはない、と胸に手を置いて言ってみた。そうでもしないと、罪悪感に襲われて母を見られなくなりそうだった。

二十分後、いちごのにおいがまだ残る中、夕食をとった。

テーブルの中央にからあげが大皿で盛られている。サラダは各自の皿に分けられていた。食事中はテレビを見ない。この家の昔からのルールだ。

「この間の模試の結果、あとでおいとくね。父さんに見せといて」

今夜は珍しく理が最初に喋った。

「また校内一位だったって」

付け足したのは覚だ。まるで自分のことのように声を弾ませている。

「すごいわねぇ」

母は感心したように頷いた。理は昔から出来がよく、父も母も彼をしっかりした優等生と信じている。もしも多希に見せるような酷薄な面を知ったら、二人は卒倒してしまうだろう。

それを知っているのは、自分と覚だけだ。

「不思議だよな」

覚がからあげを頬張り、それを食べ終えてから口を開いた。

「俺たちさ、普段もなんとなく、お互いに考えてることが分かるんだよ。な、理」

「そうだね」

幼い頃から、二人は見えない糸でつながっているようだった。語尾を引き受けて交互に話したり、全く同じ言葉をハモったり、会話もなくとも意思の疎通ができた。

それが双子特有なのか、それともこの二人だけのものなのかは多希にはよく分からない。ただその不思議さにはもう慣れてしまって、驚きはしなかった。

「でもさ、テスト中にそれはないんだよ。それがあればすごい楽なのにさ」

覚は残念そうに肩を落とした。

「馬鹿なこと言ってないで、勉強しなさい。やりたいことのために必要なんでしょう」

母が呆れ顔で覚をたしなめる。理は珍しく声を立てて笑った。

「俺だって美術や音楽の時間に覚と入れ替わりたかったよ」

「もう、理までそんなこと言って」

母はそう窘《たしな》めて、困ったように笑った。

覚が立ち上がり、炊飯器を開ける。自分の茶碗にご飯を入れ、それから無言で理の茶碗をとって、同じだけ盛った。

「兄ちゃんはおかわりする？」

「いや、僕はいいよ」

平日はいつも、仕事で遅い父以外のこの四人で食事をとっていた。母と自分が求めた家庭の理想は、正にここにあった。

だが今は違う。これは見せかけの幸せだと分かっている。双子と多希は、決して兄弟でしてはいけない行為をしているのだから。

平凡でも平和な家庭と信じている母には、この家の闇を知られたくない。いつものように仲良く振舞い、時折多希に笑いかけてくる双子の、完璧なまでに『弟』である演技を前にして、多希もまた『兄』という役割を演じるしかなかった。

母がいるから今夜は無事だ。そんな自分の考えは甘いのだと、その夜に思い知らされた。

風呂に入って自室に引っ込み、読みかけだった本をめくっていると、ドアがノックされた。

何も言わないということは、母ではなくて双子だ。本を置いて立ち上がる。ドアを開けると、二人が立っていた。廊下からうっすらといちごの甘い香りが漂ってくる。

無言で二人が部屋に入ってくる。一歩後ろに下がる。二人がまた近づいてくる。

逃げられないと分かっていた。しかしいくら無駄《むだ》とは知っていても、抵抗せずにはいられない。

獲物《えもの》を嬲るように楽しげな表情で、二人は多希を壁際まで追いつめた。

「脱ぎなよ」

冷たい声で命じたのは、理だった。乱暴な口調と裏腹に、彼の顔には品のいい笑みが浮かんでいる。

「は、いっ……」

見えない力に負けて、頷いた。息が苦しい。指先までもが発火しそうなほど熱くなっているのに、どうして胸が高鳴るのだろう。

無言で綿のパンツと靴下を脱ぎ、シャツと下着姿になった。

シャツに手をかける。満足げに目を細めていた理が、すぐそばまでやってきて囁いた。

「……僕の、いやらしい体を見てください……」

ボタンを外しながら、耳元に囁かれた台詞を口にする。

「見てあげるよ、全部」

覚が微笑む。二人の前でシャツを脱ぐだけで、目眩《めまい》がするほどの快楽を覚えた。

下着に手をかける。だがそれを引き下ろす勇気がなくて、二人を見つめた。

何も言わずこちらを見つめていた二人は、やがて何かを囁き始めた。そして小さく笑いあう。その目には、お互いしか映っていないようだった。

下着の縁を握る。いやだ、放っておかないで。二人の視線が欲しくて、下着を引き下ろしてその場に脱ぎ捨てた。

二人の顔がこちらに向いたことに安堵《あんど》する。頭の芯がぼうっとしていて、まるで二人の操《あやつ》り人形になってしまったみたいだ。

「声を出したら、母さんに聞こえるから」

「我慢してね、兄ちゃん」

立ったまま体中を弄られ、煮崩れたいちごのようにその場で溶けた。声を殺して身悶える。一階には母がいる、その緊張が多岐の体を敏感《びんかん》にしていた。

力が抜けた多希を、覚がベッドに抱え上げた。軽々とそうされて驚く。見た目より力強い腕に抱きしめられると、胸がざわめき心音が激しくなった。

自分だけ、裸にされる。その惨めさはもはや、多希を高めるスパイスにしかならなかった。

今日の二人は、多希をひたすら感じさせると決めたらしい。無言で乳首を両側から舐めしゃぶられ、陸に打ち上げられた魚のようにベッドの上で跳ねた。

「そうだ、今日はゴムがいるんだよ」

覚がそう言って、ポケットから四角いパッケージを取り出した。コンドームだった。

「つけて」

突きつけられたパッケージと、覚の顔を見比べる。今までそれを使われたことはなかった。

戸惑いつつ、覚の下半身に手を伸ばす。だがその手は、理に止められた。

「兄ちゃんにつけるんだよ」

自分に、つける。その意味が分からず、ベッド脇に立つ二人の顔を見上げて首を傾げた。

これをつけて、何をさせようとしているのだろうか。

「シーツを汚したら、母さんにばれるでしょ。それでもいいの？」

覚に問われて首を振る。やっと要求された意味が分かり、小さなパッケージを受け取った。

弟たちとこんな淫らな行為に耽《ふけ》っていると、母に知られたくない。父と母が大事にしている、幸せな家庭のイメージを壊せなかった。

メタリックグリーンのパッケージを破き、中から薄いゴムを取り出した。

裏表を確認し、ぬるぬるしたそれの先端の空気を抜いてから、昂った性器に宛《あて》がう。

震える手でつけようとしたが、うまくいかない。焦って何度か試みるものの、くびれをうまく包むことさえできなかった。

「べたべたする……」

「ちゃんと両手で宛がって。……そう、それから根元まで下ろす」

左手で昂りを支えながら、右手でゴムを引き下ろしていく。もたつく多希を、二人がじっと見ていた。その視線に焦ってしまい、指先が小刻みに揺れる。

やっとつけた時は、緊張のあまり汗が吹き出していた。こめかみを伝う汗を腕で拭う。

覚が額にキスをしてくれた。

「慣れてないんだね。かわいい」

経験の少なさをからかわれて、かっと頬が熱くなった。

女性とこんな場面になった時は、ゴムをつけている内に萎えてしまった。だが今、そこは下腹部につきそうなほど反り返っている。

「よくできたね」

理がゴムを確認するように指を滑らせた。そしてそのまま、足の付け根へと這わせていく。

すでに息づいていた後孔は、理の指を歓迎するように吸いついた。

「足を持って」

理に促され、ベッドに仰向けになって両足を抱えた。羞恥心よりも貫かれる期待が上回り、大胆に足を開く。

「っ……」

覚がそこに顔を埋めてきた。ぴちゃぴちゃと濡れた音を立てて、窄まりの表面を濡らされる。つぷっと入ってきたのは理の指だ。それが唾液を塗りこめるように奥へと進む。

「やっだ、舐めるの、いやだっ……」

そこを舐められるのだけは恥ずかしくて慣れることができない。逃げたくて腰をよじるが、理に足首を持たれて動きを封じられた。

下腹部を覚の髪がくすぐる。ぐっと唇を噛んで声を堪えた。

「毛がないと舐めやすいね」

窄まりがすっかり柔らかく熟《う》れた頃、覚が顔を上げた。濡れた口元を拭った彼は、横にいた理と体の位置を入れ替えた。

「僕だけ、なの……？」

そのまま入ってこようとする理に問いかける。多希にはわざわざゴムをつけさせたのに、何故理はそのままなのだろう？

「俺たちは兄ちゃんの中に出すから」

それが当然であるかのように、理が言い切った。

「好きでしょ、中に出されるの」

「や、好きじゃないっ……」

そんなこと、好きなはずがない。必死に否定し、二人にもゴムをつけてくれと訴えるが、彼らは取り合わなかった。

「あとでちゃんと、かき出してあげるよ」

覚が笑う。その爽《さわ》やかさが、今のこの状況にはひどく不釣合いだ。

「この前、してあげたでしょ。すごく気持ちよさそうだったよね」

理に囁かれ、その光景がフラッシュバックする。

数日前、バスルームで二人分の精液をかきだされた。四つに這い、腰を掲げて陵辱を受

けた場所を晒した。そこにシャワーを浴びせられ、二人に両側から指を入れられた。体に注がれた体液が零れそうになって、慌てたそこがきゅっと窄まる。

『駄目だよ、締めちゃ。このまま出してみて』

『手を使わないでね』

排泄《はいせつ》に似た行為を強いられ、屈辱にまみれながら二人分の精液を排出《はいしゅつ》した。二人はそこをじっと見て、いやらしいと評しては多希の体を熱くさせた。

更に緩んだ後孔を二人の指で広げられ、明るい場所で中を覗きこまれた。

『中、真っ赤だよ』

『まだ少し、俺たちのが残ってるね』

口々に言われながら残滓をかきだされ、その衝撃でまた昂った体を弄ばれる。

恥ずかしくて、けれど体は昂って、結局は二人に愛撫《あいぶ》をねだった。もっとして。奥まで欲しい。理性なんてもうどこにもなく、ただ欲望に充実な獣になって、声が枯れるまで喘いだ。

バスルームに響く淫らな声に卑猥な水音、三人分の乱れた息遣いを思い出す。甘美な快楽を求めて体が疼いた。

「目が潤んできたよ。どうしたの？」

理の手が頬に触れた。

「本当だ。それに目の縁も赤くなって、なんかやらしい顔になってる」

多希の頭の横に身を置いた覚が顔を寄せてくる。ちゅっと音を立てて唇を吸われた。

「ここに欲しい？」

理の手が丸見えになった後孔を探った。男に貫かれる快楽を知ってしまったそこは、今も淫らに疼いている。

欲しくて欲しくてたまらない。喉が張りつきそうなほど渇き、物欲しげに理を見上げた。

「ほら、ハメて欲しいならちゃんとそこを見せないと」

「はい……」

従順に従う。天井を見上げ、膝裏に手を回して足を高く持ち上げる。

煌々《こうこう》とついた明かりの下、すべてをさらけ出した。熱を持った昂りも、いやらしくひくつく後孔も、すべて。恥ずかしさが消えたわけではないけれど、今は欲しい気持ちが強すぎた。

「ひくひくしてる」

「いやらしい孔だよね、ここ」

言葉で嬲られ、視線に犯される。どちらも二人分だ。

「見られて感じてるの？」

覚の問いに、小さく頷く。視線に感じていた。これだけでも達しそうだ。

ぐっと窄まりが押し開かれる。理は性器の形を教えるようにゆっくりと入ってきた。ぞわぞわする感覚に、背をしならせて喘ぐ。

「っ……あ、入ってくる……」

「だめだよ、そんなにやらしい声を出しちゃ」

覚に唇を塞がれた。すぐに舌を絡めとられ、口内をかき回される。柔らかい粘膜を触れあわせる感覚が気持ちよくて、夢中になって唾液をすすった。

「ん、んっ！」

体の内側をこじ開けられ、粘膜を擦られて蹂躙《じゅうりん》される。被虐《ひぎゃく》の悦びが全身を包んだ。

覚の唇が離れ、理がのしかかってきた。彼の背中に手を回し、Tシャツをぎゅっと握る。理の突き上げに合わせて宙に浮いた足が揺れ、ベッドが軋《きし》んだ。

「あっ……やっ、んっ……」

尻に理の茂みがぶつかるほど深くまでつながり、揺すられる。弱みを張り出した部分でぐりぐりと押されて、たまらず叫んだ。

「やっ、おさ、む……もっとゆっくり、して……」

こんなに激しく突き上げられると、壊れてしまう。——違う。自分は壊して欲しいのだ。壊れてしまえば、何も考えずにいられる。

求められるまま、理の欲望に奉仕した。腰を差し出し、後孔を締めつける。

「兄ちゃん、すげぇ腰振ってるね」

覚が笑いながら乳首を指で捉える。充血したそこの弾力を楽しむように摘まみ、転がされた。その気持ちよさに背がしなり、理の屹立に吸いついた。

「やらしい腰遣いするよね」

かすれた声で理が同意する。

横から多希の乳首に爪を立てていた覚は、覚のリズムに合わせて揺れていた多希の左足を摑んだ。そのまま足の指をしゃぶり、くるぶしに歯を立てられる。

「ちょっと拡《ひろ》げようか」

理が腰の動きを止めた。当たり前のように覚が理の唇にキスをしてから、多希と理がつながった部分に指を伸ばす。

覚は窄まりの縁をめくった。理の屹立でいっぱいになっていた後孔に、指が入ってくる。それも二本だ。

「ん、んんっ……！」

口を理に覆われて、声が殺された。じたばたともがく体を押さえつけられ、目を見開く。苦しさと、それを凌駕《りょうが》する喜びの波に揉まれる。揃えた指を出し入れされて、全身に力が入らなくなった。

「くすぐったいって」

理が笑いながら腰を引いた。弱みを張り出した部分で押され、息を詰める。更に覚の指もそこを擦った。体内にあるわずかな隆起に触れられただけで、達しそうなほど感じてしまう。官能をわしづかみにする強烈さに、腰を突き上げた。

「いい感じになってきたよ。……そろそろかも」

指を引き抜いた覚が理に笑いかけた。

「楽しみだね。あれ、兄ちゃん、もうイっちゃってんの？　いっぱい出ちゃってるけど」

理は多希の口元を覆っていた手を離し、足の付け根に触れてきた。隠すもののないそこを一瞥し、蜜を蓄えた袋の裏を指で辿られる。

「ここも弱いよね」

袋を手のひらで包むように揉まれ、そこからじわじわと熱が拡がった。

「うわ、今すごく締まった」

理が恍惚《こうこつ》とした声を上げた。我慢できないとばかりに奥まで一気に貫かれ、深みを穿たれる。陸に打ち上げられた魚のように跳ねる体を、理が腰骨を摑んで固定した。彼の動きが大きく激しいものに代わり、肌と肌がぶつかる音が部屋に響く。

「すごいな、俺も気持ちいい……」

呟いた覚がカメラを向ける。何も言われていないのに、感じ入った表情を晒した。

「……も、いかせて……」

「いいよ、ほら、好きなだけいって」

根元まで埋めこんで、理が腰を回した。粘膜がよじれるような感覚に、息さえ熱くなる。弱い部分を擦られ、背を浮き上がらせた。声を我慢するために唇を噛みしめる。だがどうしても我慢できずに、濡れた目で理を見上げた。

「っ……いくっ、いっちゃう……」

「俺も、……もう、いきそうだ」

理が耳朶を噛みながら囁いた。

「どこに出して欲しい？」

「中に、ちょうだいっ……」

自分が口にした言葉のふしだらさに目眩を覚えながらも、淫らに腰を振った。

「何が欲しいの？」

ちゃんと言いなさいと理に唆されて、口を開く。

「精子を、かけ、てっ……」

自分でも正気とは思えなかった。そんなものをねだるなんてどうかしてる。頭では分かっているのに、体が暴走していた。

「弟の精子をねだるなんて、淫乱だよね」

理の呆れたような声に身が縮む。軽蔑するような眼差しを向けられ、全身が粟《あわ》立った。

その瞳に宿る、傲慢《ごうまん》な輝きに心を奪われる。

「そこがかわいいんだよ」

覚が笑いかけてきた。弟にかわいいといわれるなんて、情けないはずだ。それなのにどうして、嬉しくなってしまうのだろう。

擦られるたびに愉悦《ゆえつ》がこみあげ、体の制御ができなくなった。

「っ……いく……」

どくどくと尿道を上がってきた熱が、ゴムの中に放たれていく。

ゴムの中で白濁にまみれた自分の性器は、信じられないほど卑猥だった。自分の内側に潜むどろどろとした欲望を突きつけられているかのようで、直視できない。

先端の窪みにたまった蜜を塗りこめるように、ぐりぐりと押される。痙攣する体がベッドを滑るほど、激しく突き上げられた。

「はぅ……熱いよぅ……」

欲しかった熱が、後孔に注がれる。その幸福に酔いしれていると、理に唇を求められた。

「んっ……」

粘膜を触れ合わせるように口づける。体はまだ火照ったままだ。体液を交換する深いキスに酔いながら、理の肩にすがりついた。

一階には母がいる。もしこの姿を見られたら、すべてが終わる。

だがそのスリルがまた、どうしようもなく興奮を呼ぶのだ。いけないことをしている、そう思うほどに体が昂ってしまう。

どろりと淀んだ悦楽に沈んでいく。できるならば一生、こんな快楽には気づきたくなかった。浅い呼吸をしながら、多希は両手で顔を覆った。

理が体を離し、入れ替わるように覚の熱が埋められた。

ぐっと背中を抱きしめられる。

「好きだよ、兄ちゃん」

覚の戯《たわむ》れの言葉に、心音が激しくなる自分が哀《あわ》れだった。

その日以降、夜は平穏《へいおん》だった。多希の仕事が忙しくなり、帰る時間が遅くなったせいだ。斉藤と二人、終電近くまで仕事をし、帰宅する。食事は会社で食べるので、家では風呂に入って寝るだけだ。家と会社の往復で毎日が終わっていた。

忙しいが、充実もしていた。支社から上がってきたデータと伝票を確認し、請求書を発行していく作業は、楽しいとまで言えた。

問題は、朝だった。電車に双子が一緒に乗るのが憂鬱で、でもそれを母に悟られまいと振舞うのは大変だった。

「ゴールデンウィークはどうするの？」

朝食の席で、不意に母がカレンダーを見ながら聞いてくる。

「……特に予定はないけど。どこかに出かけるとは思うよ」

ずっとこの家にいると、自分が壊れてしまう。かといって予定があるわけでもない。曖昧な返事しかできなかった。

「適当な予定ねぇ。寂しいじゃないの。デートくらいする相手もいないのかしら」

母にため息を吐かれた。多希の前に座っていた理がちらりと視線をこちらに向け、意味ありげに口角を引き上げた。その仕草だけで、後ろめたさに目が泳ぐ。

覚が冷蔵庫を開けていた。視線をそちらに向けた母は、もう、と声を上げた。

「覚、牛乳パックに直接口をつけて飲まないの！」

「はーい」

子供のように素直な返事をして、覚はグラスと牛乳パックを持って席に着いた。

「それで、あなたたちの予定は？」

母が双子に話を振った。

「俺は模試があるから、どこにも行かない」

いちごジャムをたっぷりのせたトーストをかじりながら理が答えた。その横に座った覚が、同じようにトーストをかじった。手だけが反対で、鏡で映したかのようだった。

「俺は部活。野球部の大会の撮影を頼まれてるから」

「じゃあ二人ともここにいるのね」

つまらなそうに母が呟く。

「母さんはどうするの？」

「特に予定はないわ。お父さんも帰ってくるつもりだけど、途中でお仕事が入るかもしれないんですって」

どうしようかしら、と母はヨーグルトをスプーンでかきまぜながら言った。

「じゃあ母さんも向こうにいたらどう？」

理が言い、覚がコップに牛乳を注ぎながら続けた。

いつもの朝の風景の中、自分だけがなじめていないような不安が多希を苛む。どのタイミングで言葉を発していいのかさえ、分からない。

「そうだよ、二人きりの新婚生活を楽しんできたらいいじゃん」

ね、と双子に相槌《あいづち》を求められる。とっさに返事ができず、母に視線を向けた。

「もう、からかわないで」

照れたように頬を染めた母は、落ち着かない様子で双子を見た。

「でもさ、父さんの予定が分かんないんでしょ。それなら尚のこと、名古屋にいてあげなよ。心配しなくても、俺たちは兄ちゃんがいてくれるから大丈夫」

理の口調にはわざとらしさのかけらもない。まるで彼が本心からそう言っているようだ。再び同意を求められて、肩がびくりと震えてしまった。

「そうだよ、母さん」

この空気で自分がすべきなのは、良き兄を演じることだ。やっとそれを察して、多希は出来る限り自然に口を開いた。

「僕がいるから、こっちは心配しないで。父さんのそばにいてあげたら」

母に平気な顔で嘘をついた。その罪悪感から母の顔を真っ直ぐ見られなくて、トーストに視線を落とした。

この家を離れてしまいたい。でも、今それを口にはできない。

「じゃあ、そうしようかしら」

母は嬉しさを隠しきれない口調でそう言った。よかった、うまく役割を果たせたようだ。

理が折角《せっかく》だから、と口を開いた。

「観光でもしておいでよ」

「俺たちは受験が済んだら行くからさ」

「その時は案内して」

双子は交互に言って、母に笑いかけた。血のつながりはなくとも、二人は実の母のように慕い、懐いていた。何かあると父よりも母に相談しているようだ。

トーストの最後の一口を口に入れた。ごちそうさま、と席を立つ。歯を磨いてネクタイを結んだら、もう出勤する時間だ。

「え、もうそんな時間？」

覚と理が同時に時計を見た。

「俺たちも行かなきゃ」

「最近、みんな早いのね」

立ち上がった三人を見て、母は目を丸くした。

「兄ちゃんと一緒の電車に乗ることにしてるんだ」

理がさらりと言った。またもや肩が震えてしまったが、母はそれに気づかなかった。

支度を終えて家を出る。駅までの道のりが、ここ数日はあっという間に感じた。

歩き出すと共に、緊張が蓄積《ちくせき》されていく。

ホームについて電車を待っていると、覚が多希の肩に手を回してきた。

「兄ちゃんは俺たちと一緒にいたいんだよね」

「そういうつもりじゃ……」

ない、と言い切る前に、電車がホームに滑り込んできた。

押されるまま車内に乗り込む。いつものように多希を囲んだ二人は、そこで学校や友人の話を始めた。多希に意見を求めたりして、会話だけを聞けば仲の良い兄弟に思えるだろう。

だが二人は、周囲に気づかれないように、多希の体を弄んでいた。

「っ……」

乳首を弄ったり、昂りを扱いたり、狭間を撫でては後孔を指で刺激したりと、やりたい放題だ。下着から多希の性器を露出させた時もある。こんな姿を誰かに見られたらと思うと、心臓が張り裂けそうになった。

しかし悲鳴を上げる心とは裏腹に、体は貪欲に快楽を求めていた。どんなに蔑まれても、恥ずかしいことを強要されても、すべてが気持ちよくなってしまう。

背徳の快感はまるで麻薬のように多希を蝕《むしば》み、心と体を分離させていた。

支配される喜びから、逃げられないのか逃げたくないのか。もはや自分では判断できない。ただ与えられるまま、快楽を貪る。今も覚の手に昂りを押しつけ、疼く体を慰めていた。

「うっ……」

下着が濡れるほど感じたその時、電車が減速を始めた。覚の手がぱっと離れた。名残惜しげに潤んだ目を向けると、覚がにっこりと笑った。横では理がいつものように唇を横に引いて笑っている。二人は多希を追い詰めて楽しんでいた。

「じゃあね、兄ちゃん」

ターミナル駅で二人が降りていく。流れから外れ、少し前かがみになってから詰めていた息を吐いた。体が火照っていて、どうしようもなくて鞄を握り締める。

さすがに車内で射精まではいかない。植えつけられた中途半端な熱をもてましては、駅や会社のトイレに駆け込む毎日だった。

五月に入ってすぐの土曜日、母は父の元に向かった。玄関で見送った多希に、母は双子をよろしく頼むと言った。

「別に悪いことをする心配はしてないのよ。二人とも今時の高校生にしては素直だし、とてもいい子だわ。ただあの子たちは、二人で完結しちゃうところがあるから心配なの」

母が靴を履きながらゆっくりと言った。

「うん、でも二人とも大人になったから、大丈夫だと思うよ」

多希が出会った頃の双子は、すべてのものを共有していた。これでは自我が育たないと心配した両親は、二人の持ち物にしっかりと名前をつけた。しかしそれすら二人には気にならなかったようで、なんでも共有する感覚はしばらく抜けなかった。

小学校の高学年にもなるとそれぞれの好みが出てきたので、自然と洋服や靴は別のものを身につけるようになっていた。だが家の中で着る服などは、今でも区別をしていないようだ。

学校に通う時の鞄も色違いで、二人の容姿とあいまってとても目立つ。だがそれも気には留めていないらしい。

多希は本人たちがよければそれでいいと思っているので、二人の持ち物に口を出しはしない。しかし母はそうもいかないようだ。

「そうでもないのよ。でも最近、ちょっと変わったみたい。多希のおかげかしら。二人とも、あなたが大好きだから」

「……そんなことないよ」

大好き、か。確かに昔は覚がよくそう言ってくれたし、理も横で頷いてくれた。でも今彼らは、違う方向へと感情を進めてしまった気がする。

「多希がいれば安心よ」

母にとっては、なんてことのない一言だったのかもしれない。だがそれは多希の心に重く伸《の》し掛かった。

違う。自分の存在は、決して二人にはプラスにならない。安心するのは間違っている。

だがその事実を口にできるはずもなく、任せて、と頷いた。

また母に嘘をついた。罪悪感から、多希は母が家を出るまでその顔を見られなかった。

多希の会社が連休に入った土曜日、多希は朝から二人に弄られ、リビングで犯された。淫らなポーズを要求されて恥ずかしさに唇を噛みながら二人に奉仕し、覚にはまたいっぱい写真を撮られてしまった。

何度も犯され、最後は声を上げることすらできなかった。達しても何も出てこなくなり、そのまま意識を朦朧とさせた多希を、二人は彼等の部屋に運び入れた。

夜は床に布団を敷いて二人に抱きしめられながら眠った。疲れた体は、すぐ眠りに落ちた。

明け方、ふと目が覚めた。ちょうど理が起きたらしく、動き出す気配がした。

薄目を開ける。暗闇に目が慣れずにいる内に、無言のまま、理の顔が近づいてくる。

「っ……」

唇が重なり、ほんの一瞬だけ舌を差し入れられた。それから理は起き上がり、部屋を出て行った。

余韻の残る唇にそっと触れる。もっと恥ずかしいことも、卑猥なこともしたのに。キスひとつで、心音が弾みだしてじっとしていられなくなる。

目が冴えてしまった。すぐ隣にいる覚は静かな寝息を立てていて、その一定のリズムに比べると自分の鼓動は乱れすぎていた。

しばらくして、ドアが開く音がした。反射的に目を閉じる。だがどうも様子が気になり、薄く目を開けた。ミネラルウォーターのペットボトルを手に戻ってきた理は、起きた時と同じように無言で隣に戻ってくる。

目を閉じる。ぽん、と頭に手が置かれた。もしかして、多希が狸寝《たぬき》入りしていると気づいているかもしれない。理はすぐに手を離した。

なんだったんだろう、さっきのキスは。まるで恋人にするかのような、優しくて甘ったるいキスだ。欲望をぶつけ合うそれとは、何もかもが違っていた。

その意味を考えて、まんじりともせずに夜を明かした。

日曜は二人とも出かけたので、多希は一日を寝て過ごした。死んだように眠った。目が覚めてもまたすぐ次の眠りに引きこまれる内に、懐かしい夢を見た。

夢に出てきたのは、昔飼っていた犬のマロンだ。茶色の雑種で、尻尾が短くて人懐っこい犬だった。

マロンは双子が拾《ひろ》ってきた。その日のことを、多希は鮮明に覚えている。

この家に引っ越してきてまだ一ヶ月ほどの頃だった。多希が高校から帰ってくると、覚が待ち構えていた。話したいことがあると連れていかれた公園で、なんとか目が開いた程度の痩《や》せ細った子犬と、それを抱く理に引き合わされた。

「この犬、ここにいたの」

理が大きなビニール袋を指差した。そこに捨てられていたようだ。

「多希、どうしよう」

理は泣きそうな顔で子犬を抱きしめている。

多希をすぐに兄ちゃんと呼んだ覚と違い、理はまだ名前でしか呼んでこない。

双子とはいえ、ずっと理は『兄』という立場だった。そのため、すぐには多希を兄と受け入れられないのだろうと父から聞いている。

急がずゆっくり家族になっていけばいい。そう思って、多希も気にしないでいた。

「この子を飼いたいの？」

問いかけに、双子は同じタイミングで頷いた。

「ねぇ、どうしたらいい？」

理が目尻を下げて多希を見上げた。その横で、同じ顔をして覚も多希を見ている。理にこんな風に頼られたのはこれが初めてで、妙に緊張しつつ二人に微笑んだ。

「家で飼えるように、一緒に父さんに頼もうか」

もし父が反対しても、説得しよう。いざとなれば自分の小遣いをやりくりして、と頭の中で計算した。なんとかなりそうだ。

犬を連れ帰ると、母は困った顔をして、父に聞いてからにしなさいと言った。予想通りの答えだったので、双子と三人で父が帰るまでは庭の隅で子犬に餌《えさ》をやり、遊んだ。

父は幼い二人が動物を飼育することに難色を示した。けれど双子が自分たちでちゃんと世話をすると約束し、多希も味方になった。

「僕も一緒に世話します」

根負けした父は、双子に約束を守るよう言い聞かせ、犬を飼うことを認めてくれた。

「よかったな、理」

子犬を抱き上げた理は、笑顔で頷いた。

「うん！　ありがとう、お兄ちゃん」

初めて理がそう呼んでくれた。それが照れくさいと同時に嬉しくて、何も言えず子犬ごと理を抱きしめた。

「僕もー」

覚もその中に入ってくる。やっと兄弟になれた、その実感が多希の胸を熱くした。

犬はマロンと名づけられ、家族の一員となった。あまり丈夫な犬ではなかったが、走り回るのが大好きだった。

時間がある時は、ドックランのある公園まで足を伸ばした。そこに連れていくとマロンは尻尾を振って喜んだ。双子の後ろをついて回る姿を見ていると、多希も楽しかった。

具合が悪くなった時は、多希が自転車にケージを乗せて病院まで走ったこともある。

マロンは双子が何をしたいのか感じ取れる賢《かしこ》い犬だった。無言で双子が立ち上がっても、散歩だと察すれば自分からリードを咥えて持ってきたものだ。

懐かしい。そう思って多希がふと視線を落とすと、地面をリードが這っていた。――そしてそれは、自分の首元につながっている。

いつの間にか、首輪をしていた。そしてリードの先を持っているのは、理と覚だった。

「行こうか、兄ちゃん」

二人が声を揃えて言った。ぐっと首輪が引っ張られ、自分は地面に這う。嬉しそうに、尻尾を振りながら――。

「――うわあっ……！」

飛び起きる。自分の部屋であることを確認しても、鼓動は収まらなかった。

最初から、夢だと分かっていた。四年前、急に元気がなくなったマロンは、末期の肝臓ガンだと診断されて数ヶ月の闘病の末に息を引き取った。その知らせを母から受け、言葉を失って呆然と電話を握り締めたのを多希ははっきりと覚えている。家族に愛されたマロンは、もうこの世にいないのだ。

だが質感も何もかもがリアルだったせいで、現実に起こったような錯覚がまだ抜けていかない。思わず自分の首を確かめたが、もちろん首輪はなかった。

全身にじっとりと汗をかいていた。心臓も飛び出しそうなほど弾んでいる。肩で息をしながら、両手で顔を覆った。

恐ろしい夢だ。自分は二人に飼われる犬になっていた。しかもそれを、喜んでいた……。

廊下から足音が聞こえ、ドアが開いた。はっと顔を上げる。

「どうしたの？　すごい声がしたけど」

覚が顔を出した。廊下から差し込む灯りが眩しくて、目を細める。

「ごめん、うなされてたみたい……」

心配そうな覚がつかつかとそばにやってきた。多希の顔を覗き込み、額に手を置く。その手の冷たさに震えが走った。

「熱があるみたいだね。喉は痛くない？」

「ん……ちょっといがいがする」

多希は風邪を引くと、まず喉が痛くなる。それを知っている覚は、ちょっと待っててと言い残して部屋を出て行った。

戻ってきた彼は、スポーツドリンクのペットボトルを手にしていた。更に額に熱を冷ますシートを貼ってくれ、枕元にはタオルも用意してくれる。

「無茶させすぎたかな。ごめんね。今日はゆっくり寝て」

その優しい口調から覚が本当に心配してくれていると分かり、体のこわばりが解けた。

「うん、そうする。……おやすみ」

目を閉じて、呼吸を整える。すぐに眠りの波がやってきて、意識が引き込まれた。


深い睡眠から引き上げられた朝になっても、多希はベッドから出られなかった。そのまま昼過ぎまでを寝て過ごした。

覚がおかゆだ水分だとまめに世話を焼いてくれたおかげで、少し体調がよくなった。

午後に入って少し起きたものの、体の節々が重たくなって、すぐにベッドに戻る。

また熱が出てきたみたいだ。ベッドで休んでいると、覚が顔を出した。

「桃の缶詰《かんづめ》、食べよ。はい、あーん」

覚は一口大に切った桃をフォークに刺して、唇まで持ってきてくれた。それを呑み込む。

とろりと甘いシロップが、ひりついた喉に染みた。

「これ飲んで、ゆっくり休んで」

食べ終わると、風邪薬と水を渡された。素直に飲む。

「何かあったら、下に電話してね」

子機を枕元に置かれた。熱でぼんやりし始めた多希には、覚の優しさが嬉しかった。

「ありがとう。……理は？」

「予備校からまだ帰ってきてないよ」

覚が床に腰を下ろした。

「……ここにいるとうつるから、もういいよ。ありがとう」

部屋を出るように促したが、覚は首を振った。

「俺にうつして治るなら、うつしてよ」

真面目な顔をして言われても、返答に困る。

「何かあったら呼ぶから、もういいよ。色々とごめんね。……おやすみ」

頭までブランケットを被り、目を閉じた。もう眠れない、そう思ったのに、再び深い眠りに落ちた。

次に目が覚めると、理が床に座って本を読んでいた。窓の外はすっかり明るくなっていた。

「起きた？」

理の手が額に置かれる。熱がありそうだと、体温計を渡された。

こちらを見下ろす理は、いつもより優しい目をしていた。表情も柔らかい。

「……覚は？」

体温計を脇に挟んでから尋ねる。喉の痛みは引いていて、声を出すのも辛くなかった。ただ関節がまだ痛む。

「部活に行ったよ。野球部の試合が遠くであるからって、朝から撮影にかりだされた」

ぴっと体温計が鳴った。脇から取り出すと、理がそれを確認した。

「まだ微熱があるね。今日も寝てなよ」

理にそう言われると、どうにもくすぐったい気持ちになる。口元までブランケットを持ち上げてから呟いた。

「……昔と逆だね」

子供の頃、理は体が弱かった。よく熱を出して寝込んで、母と多希で交代で看病した。その横ではいつも覚が心配そうにしていた。先に寝なさいと言っても、頑として理の横から離れようとしなかった。

二人が同時に体調を崩した時は、もっと厄介だった。朦朧としながら、お互いの名前や自分の名前を呼んだりするのだ。混乱して自分を見失う時もあったようで、一緒に寝かせておかないと駄目だった。

母が気にしていたように、二人にはお互いがいればそれでいいと思っている面がある。それは子供の頃の方が顕著《けんちょ》で、学校の友人と遊ぶよりも、二人で遊んでばかりいた。

二人で完結してしまう世界は、父や母にはあやういものに思えたらしい。多希にはそれがよく分からなくて、使わなくなったラジカセや文房具、着なくなった洋服に自転車をお下がりとして二人に渡しては、あとで母に共有しないといけないものはあげないでと叱られた。

「そうだね。ま、俺も大きくなったから、兄ちゃんを看病できるようになったよ」

はにかんだ理の表情を見るのは、ひどく久しぶりな気がした。

再び床に座った彼が、読みかけの本をとる。それをなんとなく眺める。理は本を開いて、脇に金色のしおりを置いた。

あっ、と小さく声をあげる。そのしおりに見覚えがあった。

「それ、もしかして……」

「覚えてる？」

理が振り返り、その金属製のしおりを掲げて見せた。

「兄ちゃんに買ってもらったやつ。ちゃんと使ってるよ」

まだ双子が小学生の時、近くにある遊園地に家族で遊びに行った。ちょうど双子の誕日近くだったため、多希は二人にプレゼントを買った。その園の限定セットで、金属性のしおりとキーホルダーが入っていた。二人で仲良く使うようにと渡した記憶がある。

「もちろん覚えてるよ。懐かしいな。……あの遊園地、まだあるの？」

「あるよ。ちょっと前に覚が撮影で行ったけど、かなりさびれたって聞いた」

「……また行きたいな」

小さく呟く。どんな乗り物やアトラクションがあったのかも、もうよく覚えていなかった。それでもあの遊園地は、多希にとって特別な場所だった。目を閉じれば、すぐにあの幸せな時を思い出せる。

父は写真が趣味で、どこでもカメラを構えた。母はその横で笑顔を浮かべて子供たちを見ていた。そして多希は、はしゃぐ二人に両手をとられて引っ張りまわされた。始まったばかりでぎこちないけれど、大切な家族だった。

当時から覚は父のカメラに興味津々《しんしん》で、何枚か撮っていた気がする。

遊園地では同じクラスのカップルに会った。二人は多希と両手をつないだ双子に驚き、声をかけてきた。「どっちがお兄ちゃん?」とよく聞かれる質問をされた。多希は「どっちも僕の弟だよ」と答えた。二人を兄と弟に分けて考えてなかった。その時、理と覚の手に力がこもったのをよく覚えている。

かわいくて、性格も良くて、自慢の弟たちだった。いつからその歯車は、狂ってしまったのだろう。理に聞こえない程度にため息を吐く。

双子は大切な弟だ。だからこそ、この関係をやめなくてはと切実に思う。

二人は多希を看病してくれた。根本的な優しさは変わっていないのだ。ただ多希が痴漢にあったことがきっかけで、好奇心や性的欲求を満たす方向へ暴走しているだけに違いない。

悪いのは、他の誰でもなく流され続ける自分だ。だから自分が、二人から離れればいいのだ。多希さえいなければ、二人は元の二人に戻れるはず。

この家にふさわしくないのは、自分だけでいい。そう思った瞬間、少しだけ目の前に道が拓《ひら》けた気がした。

ゴールデンウィークは寝て終わった。すっかり回復した木曜日、電車の中でも二人は多希に優しかった。

多希の体調を気遣い、守るように二人は横に立った。揺れに負けそうになった多希の体を支えてくれた上、周囲からガードしてくれる。

「今日も俺が食事を作るから」

覚が多希の背に手を回した。

「できるだけ早く帰ってきてね、兄ちゃん」

優しく微笑まれ、素直に頷いた。体調が悪ければ連絡するようにと言われ、これではどっちが年上なのか分からないと苦笑いする。

ターミナル駅で心配そうに二人は降りて行った。ホームの隅で二人は手を振ってくれた。二人の姿が見えなくなると、体から力が抜けた。電車に揺られる。ひとつ思いついたことが、多希の頭を支配していた。

仕事を始めると、作業の手が空く時を見計らって、隣席の斉藤に声をかけた。

「今住んでるのって、会社の借り上げ寮だよね？」

本社勤務の独身社員用の寮は、さほど家賃は安くないが、比較的通いやすい場所にあるために人気があった。

「そうですけど。どうしたんですか、いきなり」

斉藤が眼鏡の位置を直しながら答えてくれた。

「ちょっと、家を出ようかと思ってて」

双子から物理的に離れよう。そうすれば、二人の関心も薄れるはずだ。それが多希の出した結論だった。

「あれ、でも今って自宅ですよね。それだと確か、条件が厳しいはずですよ」

「そうか、そうだよね……」

本社に来る時に申し込めばよかった。だが後悔しても遅い。あの家に帰ろうとした時点で、自分は過ちを犯したのだ。

「昼に総務の奴に聞くといいですよ。あいつ確か寮関係も担当しているはずだから」

アドバイスに従い、昼食時に早速聞いてみる。総務の彼は親切に教えてくれた。そして午後に入ってすぐ、資料も貰えた。ちょうど今、寮に空きがあるらしい。

母にはなんと説明しよう。頭の中は、一人暮らしの計画でいっぱいだった。

今日は早く帰るつもりだったが、支社が入力したデータに間違いが多発していて残業することになった。遅くなると二人の携帯にメールしておく。

間違いを多発させたのは札幌支社で、担当は多希の後任の社員だった。

「戸川さん、俺最近、ずっと残業してるんですよ」

電話口で彼がぼやいた。

「誰も仕事を把握してなくて、もう泣きそうです。戸川さんの作ってくれたマニュアルが頼りなんです。また何かあったら、聞いてもいいですか」

「もちろん、どうぞ」

そんなに大変な仕事ではないはずだが、細かい作業が苦手な人には辛いかもしれない。

電話を切ると、既に課内には斉藤と課長しかいなかった。

「あー、戸川さん、じゃあ行きましょうか」

斉藤に声をかけられた。なんのことか分からず首を傾げそうになるが、彼の目配せでなんとなく状況を把握した。きっと今日も課長に誘われ、断りたいのだろう。

「お待たせしました。じゃあ行きましょうか」

「なんだよ、二人とも。付き合い悪いなぁ」

「すみません」

軽く頭を下げ、帰り支度をして斉藤と一緒に会社を出た。そこでやれやれと笑いあった。

「最近、課長がしつこいんですよね。助かりました」

「これくらい構わないよ。僕の時もよろしくね」

斉藤とは駅で別れた。お疲れ様です、また明日、なんて言葉を同僚と自然に交わせるようになった自分の変化に驚く。

社交的な仮面を被って、笑顔で嘘をつく。もしかすると人並みかもしれないが、こんなにうまく立ち回れる自分がいるのを多希は知らなかった。

駅の近くにある小さな書店に立ち寄る。そこで住宅情報誌を買った。

どんなことをしても、家を出よう。あの家にいたら、双子のそばにいたら、駄目になる。二人から早く離れなければ。その衝動が、多希をいつになく行動的にさせていた。


「ただいま」

ソファに鞄を置き、キッチンに顔を出す。そこでは理が包丁を手にしていた。

「お疲れ様。今日は時間があるから俺がやるよ。ただ味は期待しないで」

理は苦笑いしつつ、切ったキャベツをボウルに放り込んでいた。横にはお好み焼きの粉が置いてある。

理がキッチンにいるのは珍しい。料理は覚、洗濯や掃除は理と得意分野が分かれている。

どちらも必要とされるセンスが違うのだと二人は主張していた。

「覚は？」

「部屋にいる。レンズの手入れがどうとか言ってたけど、たぶんそろそろ降りてくるよ。腹減ったって言いながら」

理が言い終えるとほぼ同時に、ばたばたと足音が聞こえた。覚がキッチンにやってくる。

「あー、腹減った～」

あまりのタイミングに、理と顔を見合わせた。二人して笑いがこみ上げてきて、声を立てて笑った。

なんだろう、今日はとても楽しくてたまらない。家を出ようと決めたからだろうか。

キョトンとしたという表現がぴったりくる様子の覚が、理と多希を交互に見やる。

「何笑ってんの？」

「なんでもないよ」

「えー、教えてよ。気になるじゃん」

そう言ってソファに膝から乗っかった覚が、そこに置いていた多希の鞄を蹴ってひっくり返した。口を開けていたので、中身がそのまま床に滑り落ちていく。

「あ、ごめん」

慌てて覚が中身を拾った。だがその手はすぐに止まり、彼の表情がみるみるこわばっていくのが分かった。

「兄ちゃん、何これ」

低く重さのある声で覚が問う。そこでやっと、多希は自分の鞄の中に入っていたものを思い出した。

まずい。覚の手にあるのは、今日貰ってきた独身寮の資料と住宅情報誌だ。

「独身寮って書いてるけど。こっちは間取りがたくさん載ってるね。……これ、何？」

覚が近づいてくる。反射的に後ずさりしたが、背中が何かに当たってしまった。

振り返らなくても分かる。そこには理がいる。

「兄ちゃんはここから逃げようとしているの？」

後ろから両肩に手を置かれた。耳元に理の唇が触れる。

「それで、どこに行くつもりなのかな」

「どこって……」

答えられずに固まっていると、覚がファイルと雑誌をその場に叩きつけた。その音にびくりと身を竦ませる。

「俺たちから逃げるつもりなんだろ」

怒りを宿した目で見据える覚の迫力に、項垂《うなだ》れるしかできない。

確かに自分は、逃げるつもりだ。だがそれを口にすると、覚は激高《げっこう》するだろう。ぴりぴりとした空気が伝わってきて、一度俯くともう顔を上げられなくなった。

三人分の足をただじっと見つめながら、息を潜める。

「お仕置《しお》きしなきゃね」

穏やかな理の口調が体に絡みつき、真綿のように多希を締めつける。逃げたいのに、逃げられない。

「とにかく、食事をしようか。もうすぐできるから、ここで待ってて」

そう言って、ダイニングテーブルに着くよう促される。何をされるのだろう。ごくりと息を呑んでから、席に座って背を丸めた。

二人は、一挙一動が気になって仕方がない多希の存在を無視するかのように、食事の準備を始めた。もしかするとわざとそうして、怯える多希を楽しんでいるのかもしれない。

これから食べられる獲物になった気分だ。このまま自分は、どんな風に料理されてしまうのだろう。

その怯えが全身を硬直させ、やがて呼吸を浅くしていく。これではまるで、期待しているみたいだ。そう思うのに、頬が熱くなるのを止められなくなる。

どんな言い訳をすればいいだろう。木目のテーブルの表面をじっと見ながら考えても、何も浮かばなかった。

食事の後片付けを終えたところで、二人は多希の前に赤い首輪を差し出した。

「お散歩しようか、兄ちゃん」

これをつけて、外を歩かされる。どうやら自分は人間扱いまでされなくなるらしい。なんでこんなこと、と小さく呟いた。しかし二人とも、聞こえなかったかのように無視した。

喉を晒す。指一本の隙間を作って首輪をつけられた途端、指先まで痺れが走った。

これではまるで犬だ。情けなさに目が潤む。震える体を自分で抱きしめていないと、その場に崩れ落ちてしまいそうだ。

「ほら、行くよ」

理に背を叩かれた。シャツとコットンパンツに着替えさせられ、薄手のコートを羽織った状態で外へと連れ出される。夜風が冷たかった。

向かった先は、駅とは反対方向にある公園だった。

多希を挟んで、前に理、後に覚と列になって歩いていく。覚だけは鞄を手にしていた。

無言だった。まだ人通りのある時間帯で、こんな恥ずかしい姿を誰かに見られたらと思うと顔を上げられなかった。

首輪を隠すようにコートの襟を立てた。幸い誰ともすれ違わなかったが、一台の自転車に追い越された。その時は緊張のあまり、爪先が白くなるほど握り締めてしまった。

公園につくと、どこかから人の声が聞こえた。誰かが遊んでいるらしい。

理は迷うことなく進んでいく。このまま逃げだしたい。しかし後ろからぴったりと覚がついてきている。足を止めることも許されない。

公園奥の木陰で、理はやっと立ち止まった。

「コートを脱いで、兄ちゃん」

おとなしくコートを脱ぐ。覚がそれを受け取った。

「じゃあ本格的にお散歩しようか」

理の手には、リードが握られていた。それが首輪につながれた瞬間、視界に濡れたベールがかかった。

焦点がどこにも合わず、口も閉じられないまま、二人に命じられてシャツの前を開く。吹いた風が、体の火照りを教えてくれた。

「じゃあ、そこのベンチまで行こうか」

ぐっと首輪が引かれる。数十メートル先には黄色いベンチがあった。遊具の影にあるせいで、人目につかない場所だ。

理に引っ張られて、ベンチへと歩いていく。途中、草の生えた部分では犬のように四つ足で歩かされた。手のひらと膝で体重を支え、一歩ずつ進む。

石と泥に汚れながら、動物のように這う。こんな格好を誰かに見られたら、と想像しただけで体温が上がる。

　惨めなのに、狂おしいほどの熱が体内に生まれる。ベンチにつく頃には、すっかり息が荒くなり、犬のように口ではあはあと息をしていた。

　この熱の正体はなんだろう。得体の知れないそれに体が竦む。何か踏み越えてはいけないラインに、自分が近づいている予感がした。

「じゃあここで脱いで」

　こともなげに理が言い放つ。

「こんな場所で、無理だよ……」

　いくら人がいないからといって、脱げるはずがない。ここは屋外で、誰がいつ来るかも分からない場所だ。

「だけど兄ちゃん、ベッドの上じゃないほうが感じるじゃん。外でもいいでしょ」

　覚が当然のように言い、多希の頭を撫でる。彼がよくするその仕草は、ペットにするそれだと今頃になって思った。

「覚、違うよ。これはお仕置き。兄ちゃんを喜ばせるのが目的じゃない」

「あ、そうか。でもきっと兄ちゃんは喜んじゃうよ。淫乱なんだから」

　二人のやり取りに肌が震える。確かに自分は淫乱なのだろう。彼等の会話を聞いても一向に体の熱が引いていかないのだから、と自嘲した。

「脱ぎなさい」

ぐっとリードを引っ張り、理が命じる。支配者の眼差しで見下ろす彼に、従うこともまた喜びだった。

コットンパンツを脱ぐ。シャツと下着姿になって、立ったままの二人を見上げる。どちらの瞳にも、夜目にはっきりと分かるほど欲情の色が滲んでいた。

「シャツを脱いで」

言われるまま、シャツを脱ぎ捨てた。冷たい外気に触れたところから、鳥肌が拡がる。

「ここはどうして欲しい？」

覚の指が露わになった胸元を探った。円を描くように乳首の周辺の色づいた部分を撫でられ、体から力が抜けた。些細な刺激にさえ感じてしまう。

だがそこは、それだけではもう我慢できなくなっていた。

「舐め、て……」

「どこを？」

意地悪く理が聞き返す。

「乳首を、舐めて、くださいっ……」

一度口にしてしまうと、タブーはなくなる。ねだるように胸元を突き出して、舐めて吸ってと懇願した。

二人は多希の求めに応じて、両側をそれぞれ舐めしゃぶってくれた。軽く歯を立てる動きがシンクロした時、我慢できずに甲高い声を上げてしまう。

「あぁっ……！」

「気持ちいい？」

覚の問いかけに、首を上下させる。

「ちゃんと言ってくれないと、やめちゃうよ」

理が乳首に歯を立てた。鋭い痛みに呻く。

「気持ちいい……やめない、で……」

体中の血液が下肢に集まっていくのが分かる。下着の中で、形を変えた欲望が脈打った。もう先端が濡れていて、窮屈だった。

「こんな場所で乳首を舐められて、気持ちいいんだ」

「そうだよ、ここは公園だよ。そんな格好してるけど、見られて恥ずかしくないの？」

言葉で責められ、頭が痺れていく。もう何がいけないことなのかも分からなくなっていた。気持ちよければいいじゃないか。快楽の虜《とりこ》になった多希は、もっと、と胸を突き出した。

「見て、もっと見て……」

気がつけばそう口走っていた。

覚に唇を塞がれる。舌を絡めて、与えられた唾液を飲み干す。もっと欲しくて口を開けると、喉奥まで舌を突きこまれた。

苦しさに顔をしかめる。だがこの苦しさこそ、深い快楽の第一歩なのだ。

「下も脱ぎなよ」

理の手が下着のゴム部分にひっかかった。引っ張られ、卑猥に濡れた先端が飛び出した。

下着に染みを作るほど昂ったそこを、息がかかりそうな近さで観察される。定期的に二人に剃られているせいで、そこは覆う体毛がなく子供のように無防備だ。

「ほら、全部見せて」

覚に促され、下着を足から引き抜いた。熱くなっていた性器が夜風に触れ、その冷たさに驚く。どこもかしこも熱くて、このままだと発火してしまう。

「こんなところで裸になっちゃったよ」

理が蔑む声は、低くとても甘い響きがした。

いつ人が来るかも分からない場所で、体毛のない下半身を晒している。今多希が身につけているのは、首輪だけだ。

もしも誰かに見つかったら、どうしよう。変態と驚かれ、逃げられてしまうだろうか。それとも侮蔑の視線を投げつけられ、嘲笑われてしまうのか。

想像しただけで、ぴくり、と性器が震えた。先端の窪みが潤むのを感じ、それと連動するように涙が滲んだ。

潤んだ視界の中、目の前にいる双子だけが鮮明だった。

「ほんと、呆れるほど淫乱だよね、外で脱いだだけでこんなに大きくなるんだから」

「縛っちゃおうか、ここ」

性器の根元をくすぐられ、小さく鳴いた。

「うわ、先走りもすごい」

「やらしいな、兄ちゃんは」

先端の窪みに滲んだ蜜を、理の指が掬《すく》う。それを見せつけられ、睫毛《まつげ》が震えるほど感じ入った。辱められているのに、喉がからからに渇くほど快楽に飢えている。

「これ、つけて」

覚が見慣れた四角いパッケージを取り出した。渡されたゴムを素直に受け取る。パッケージを開けて、露出した性器に押し当てた。

根元近くまでゴムで覆う。すっかり慣れた作業中も、熱が萎えることはなかった。それどころか、達する喜びを期待してさらに硬くなる。

「よくできたね。じゃあ次は、自分で解してみせて」

理は愛犬にするかのように多希の頭を撫でて、顎の下をくすぐった。そうされると嬉しくて喉が鳴ってしまう。

「はいっ……」

屈辱を覚えつつ、従順に命令を受け入れる。ベンチに後ろ向きに膝をつき、二人の前に腰を差し出した。屋外で全裸になる異常な行為に興奮している自分は、もう頭の回路がおかしくなってしまったようだ。

自分の指を唾液が滴るまで舐めてから、双丘に伸ばした。後孔を指で慣らす。自分の唾液を絡ませた指だけではぬめりが足りない。

覚が持っていた鞄からローションのボトルを取り出したのが目に入った。

「欲しい？」

そう聞かれて、頭が取れそうなほど大きく何度も頷く。

「濡らして……ください」

恥ずかしい部分を突き出してねだった。

「どこに？　暗くてよく分からないよ」

「……ここに、くださいっ……」

後孔を指で両側から開いてみせる。そうしてやっと、ローションを注いでもらえた。視線を感じながらそこに指を入れ、中まで湿らせていく。

「つうっ……」

奥深くまで濡らし、その快感と不快感が均等に混ざった感覚に呻いた。

注がれたローションで内襞を熟れさせていく。指を抜き差しして入口を柔らかくした。

こんなことに慣れてしまったのは、いつからだろう。最初は抵抗があったはずなのに、今はこうして準備するだけで何も考えられなくなる。

二人の前だというのに、自慰をしているみたいだ。しかも屹立ではなく、後孔で。

「どう？」

夢中で指を抜き差ししていると、覚が顔を覗きこんできた。

すっかり下拵《ごしら》えが済んだそこは、貫いてくれる熱を欲しがりひくつき始めている。指を抜くよう促されて従う。体にできた空白が、埋めてくれるものを求めて蠢《うごめ》いた。

「真っ赤になって欲しがってるね」

覚がそう言い、ぐっと指を突き入れて、すぐに抜いた。それを何度か繰り返され、膝から崩れそうになる。

「あうっ……」

もっと、とねだるように尻を振った。羞恥心というものは、多希の中から消え去っていた。

「気持ちよさそうだね。指だけでいいの？」

「いや、ちょうだいっ……」

もはや指で満足できる体ではなかった。二人にそう作り変えられてしまったのだ。耳元に理が唇を寄せる。卑猥な言葉を囁かれ、全身がかっと熱くなった。

「ほら、言ってごらん」

頭を撫でて促され、理に教えられた台詞を、たどたどしく口にする。

「準備ができました。……犯して、ください」

ひどいことを言わされているはずなのに、恍惚とした愉悦に包まれた。

「よくできたね。ご褒美だよ」

そう言って、理が多希の腰骨を摑んだ。そして熱い楔で、窄まりを一気に貫いた。

「ううっ……」

指では届かなかった奥を擦られると、感じすぎて声が出ない。ゆっくりと粘膜を擦られる感覚に酔って半開きになった唇に、覚がキスをくれた。

二人を喜ばせるため、淫らに振舞う。まるで雌犬《めす》になった気分だ。その内に理性が焼きれて、ここが公園だというのも忘れて腰を振り、陵辱をねだった。

「もっと……奥もついて、ぐりぐりってして……」

ベンチの後ろに回った覚が、多希の鎖骨を舐めながら乳首を両手で弄り始めた。

体中の突起がすべて立ち上がり、快感を甘受する。乱れた息遣いが満ちた空間に、砂利を踏む足音が混じった。

「やだ、誰かっ……」

近づいてくる人の気配に瞠目する。公園のベンチ、全裸に首輪だけで男に貫かれる自分。——見られたら、どうなる。想像しただけで、体が爆発しそうになった。

「しっ、黙って」

口元を覚に手で覆われる。息苦しさに身をよじるが、理にがっちりと抱きとめられた。

「……うっ……」

耳を澄ませる。足音は複数で、少し離れた場所を歩いているようだ。時々聞こえる低い声で、男性だと分かる。

存在を気づかれないように、息を詰めた。全身がこわばる。体の奥に理を受け入れたまま、身じろぎもできなかった。

「んっ……」

張り詰めていた体を理が突き上げる。この状態で、まさか動かれるなんて。目を見開いた。声を上げられない状況で腰を回され、粘膜が喜ぶように収縮した。

涙が滲む。こんな状況でも、昂り続ける自分が惨めだ。

ぐちゅぐちゅと卑猥な水音を立ててかき回される。気づかれたらまずいのに、理の動きは容赦なかった。

やっと足音が遠のいて、覚の手が離れる。

「ハァ……」

深く息を吸う。理の屹立が体内でびくりと脈打つのが分かった。

「誰かに見られるかと思って興奮した？」

耳朶を噛みながら理が囁く。違うと否定したくとも、体の反応で嘘とばれるだろう。

「答えて」

ぐっと首輪を引かれる。そうされると、従順ではない自分を恥じてしまう。正直に答えなきゃ、と多希は口を開いた。

「ん、興奮、した……しました……」

淫らな姿を蔑まれる。そんなシチュエーションを想像しただけで、自分は昂る。そんな被虐を好む性癖が、いつしか心に芽生えていた。

「仕方ないよね、兄ちゃんは苛められるのが好きなんだから」

覚がそう言って、多希の頬についた涙の跡を舐めた。

「あ……やっ、抜いちゃやだっ……！」

理が腰を引く。一度引き抜いた屹立を再び埋めこんで、入口あたりで抜き差しを繰り返した。くびれの形を教え込むような動きがじれったい。

「や、理、もっと……」

辱めに昂りきった体が暴走し、後孔で理の昂りを扱くように腰を動かしていた。ベンチに擦れる膝の痛みもまた、快楽のスパイスに摩《す》り替る。

自分はこんな悦楽が、本当に欲しかったのか？　違う。自分が欲しかったのは、こんな体だけの関係じゃない——。

正反対の方向に引き離されていく心と体が悲鳴を上げた。

熟れた粘膜が、くわえこんだ熱を放すまいと絡みつく。抉られる喜びにうねる最奥への刺激だけで、目の前がくらむほどの愉悦を感じた。すべてが良くて、おかしくなりそうだった。

「くっ、いく、もう……いかせて……」

こんな時でも射精の許可を取ろうとする自分は、もはや人ではなく二人に飼われる犬と同じだ。そう考えた途端、体が急速に熱を帯びた。

けれど同時に、心が死んでいく。体が悦んだ分だけ、虚しさも胸に巣食っていくのが手に取るように分かった。

「いいよ、いきな」

ぱん、と理が多希の尻を叩く。次の瞬間、熱い飛沫《ひまつ》が粘膜を濡らした。理が熱を放ったのだ。その熱さに押し出されるように、多希もゴムの中にびくびくと白濁を放つ。終わりがないかと思うほど長い放出を終えて、体から力が抜けた。

弛緩《しかん》した多希を理が抱きしめ、ゆっくりと彼自身を抜き出す。

「これじゃあお仕置きにならないね」

理の呆れた声に、体を丸めた。

「今度は女装でもしてみる？」

覚が屈みこみ、ゴムを外してくれた。熱を失った性器は白濁にまみれていて、ひどく汚らしいものに見えた。

「それとも玩具を入れっぱなしにして、電車に乗せてあげようか」

それでもきっと悦ぶのだろうと、理の眼差しが告げる。それを否定できない自分が哀しい。

辱められて感じる快楽を覚えた体は、もはや自分の物ではなかった。

これ以上の悦楽を知ってしまったら、駄目になる。二人に支配されてしか生きられない。

支配、それは甘美な響きだった。もしそんな快楽を覚えてしまったら、きっと自分は抜け出せなくなる。

辱められることで熱を帯びるこの体は、どこまで堕ちていくのだろう。

心をすり減らす愉悦が怖かった。破滅《はめつ》の予感に身震いする。

俯いた顔を上げると、二人はじっと多希を見詰めていた。そこに宿る、サディスティックな光に呆然とする。彼らはいつの間に、こんな目で自分を見るようになっていたのだろう。初めて抱かれた時には、ここまで嗜虐的な色はなかったはずだ。

息を呑む。やっと分かった。彼らを歪ませているのは、自分なのだ。追いつめられ苛められるほどに悦ぶ多希の存在が、双子の嗜虐的な面を加速させているに違いない。

このままだと、二人も多希のせいで破滅へと堕ちてしまう。それは駄目だ。堕ちるのは、自分だけでいい……。

「もう、駄目、だ……」

目が熱くなった。駄目だ、こんなことは早くやめなくちゃ。

次から次へと涙が溢れてくる。嗚咽《おえつ》を堪えることもできなくなり、終いにはその場で泣きじゃくってしまった。

「こんなこと、しちゃ駄目なんだ」

子供のように駄目だと繰り返した。それは二人にというより、自分自身に言い聞かせているようだった。

「落ち着いて、兄ちゃん」

理にぎゅっと抱きしめられた。

「そんなに泣かないで」

覚の手が頭を撫でてくれる。ゆっくりと宥めるような手つきに、少し呼吸が落ち着いた。

顔をぐしゃぐしゃにしていると、理が丁寧にハンカチで拭ってくれる。それからシャツを着せられ、背中を撫でられた。

コートまで着せてもらう頃には、なんとか普通に息ができるようになっていた。

「どうしたの、急に」

「何が駄目なの？　教えてよ」

覚がベンチの前に座った。理は多希の隣に腰掛ける。

「兄ちゃんの本気で嫌がることなんてしてないよ、俺たち」

理が肩に腕を回しながらそう言った。

「そんなことない。僕は、こんなこと……」

したくなかった。でも、と言いかけたのを、覚が遮った。

「本当にいやなら逃げられたのに、そうしなかったのは兄ちゃんじゃないの？」

「いやだって言いながら、感じてたよね」

覚の問いに、理が冷静に付け足した。

確かにそうだ。被虐を好む性癖は否定できない。そう、自分は同性に惹かれるだけでなく、辱められて興奮する男だ。認めたくないが、それが真実だった。

でも、と多希は苦しげな息を吐く。その相手が、弟たちなのは駄目だ。

「兄弟でこんなこと、駄目だよ……」

両手で顔を覆い隠した。二人の顔をまともに見られない。いくら血がつながっていないとはいえ、兄弟でこんなことをするのはおかしい。

「兄弟だから駄目？　俺たちにはそんなこと、別に問題じゃないんだけど」

覚が腕を組んで口にしたのは、モラルのかけらもない言葉だった。

「でも……」

「俺は兄ちゃんが好きだよ」

好き。そんな言葉が理の口から出てくるとは思ってもいなくて、弾かれたように顔を上げ、こんな時なのにぽかんと彼を見つめてしまった。

目を眇めた彼は、もう一度、好きだよ、と口にした。

誰にも言われたことがない言葉を信じられず呆然としていると、覚の手が肩に回された。

「俺も兄ちゃんが大好き」

無邪気な笑顔を向けられ、首を振った。信じられない。二人が自分を好きだなんて。だって二人がしてきた行為は、好きな相手に対してすることじゃない。

「……嘘だ」

「嘘じゃないよ。あんなに言ってたのに、信じてなかったの？　好きだからセックスするに決まってるじゃん」

覚がそう言って、多希の手に自分のそれを重ねた。

「そうだよ、嫌いな奴を抱いてやったりしないよ」

恐ろしいほど傲慢な台詞を、優美な笑顔で理が口にした。

「じゃあなんでこんな、ひどいこと……」

「兄ちゃんが喜ぶからだよ。兄ちゃんは苛められるのが好きなんでしょ？」

当然のことのように理に言い切られる。多希すらちゃんと自覚していなかった性癖を、彼は知っているらしい。

「そうだよ、もっと苛めてって顔して誘うよね。だから俺たちは、兄ちゃんを喜ばせたくて苛めてるんだよ」

覚が多希の手にそっと自分の手を重ねた。

やはりそうか。自分の存在が彼らを歪ませていたと確信し、多希は肩から息を吐いた。

「兄ちゃんは俺たちのこと嫌いなの？」

違うと首を振る。もちろん好きに決まっている。ただそれは、兄弟の領域を超えるべきじゃないと思っているだけだ。

「じゃあさ。……俺と理の、どっちが好き？」

覚が真剣な顔でした質問には、答えられなかった。

「そんな……比べたことなんてないよ」

二人は優劣をつけるような存在ではなかった。理も覚も、どちらも大切な弟だ。

「兄ちゃんならきっとそう言ってくれると思った。な、理」

急に明るい声を出した覚に、理が頷く。

「思った通りだな。……だから兄ちゃんなら、俺たちを受け入れてくれると思ったのに」

「え……？」

俺たちを受け入れる。その言葉の意味が分からず聞き返すと、理は口元を引き締めて目を細めていた。その先には、覚がいた。

「俺たちは、一人で生まれてくるはずだったんだよ。でも体はふたつに分かれてしまった」

体は分かれても、魂《たましい》はつながっている。二人からはそれがよく伝わってきた。彼らの絆《きずな》は、他の誰にも理解できないほど深い。

「俺たちはずっと、お互いだけがすべてだった。俺は覚がいればそれでよかったし」

「俺は理がいればそれでよかった。でもね、足りないものがあるって気がついたんだ」

覚の手が首にかかる。ゆっくりと首輪が外され、喉が軽くなった。

「俺たち二人を、同じように受け止めてくれる存在が必要なんだ。それが兄ちゃんだった」

「受け止める？　僕が？」

一体、何を受け止めると言うのだろう。話が見えない。

「兄ちゃんだけは、俺たちを区別しないから」

理の答えに眉を寄せる。

「区別……僕はちゃんと二人のこと、区別がつくよ」

「そういう意味じゃないんだ」

覚が首を横に振る。

話の内容が分からないまま、戸惑いに二人の顔を交互に見る。

「とにかく、兄ちゃんがいやなら、もうこんなことやめるよ」

理の口にした言葉が、すぐには信じられなかった、

「本当に……？」

約束する、と理が言った。覚も神妙《しんみょう》に頷いている。

「俺たちはただ、ひとつになりたかった。それだけなんだ」

寂しそうな覚の作ったような笑顔に、それ以上は何も言えなかった。

嘘みたいだ。翌日からしばらく、多希には二人の変化が信じられなかった。

公園からの帰り道、二人は多希が嫌がるならもうその体に触らないと誓《ちか》った。それから本当に指一本触れてこなくなったばかりか、多希に対して一歩引くようになった。

「覚、牛乳パックから直接飲むなよ」

慌《あわ》ただしい朝、理が呆れた声を出す。

「えー、理まで母さんみたいなこと言うのかよ」

ぶつぶつ文句を言いながらも、覚はコップを用意する。

「兄ちゃんは？」

いらないと首を横に振った。それ以上覚は何も言わず、ふたつのコップに牛乳を注ぐ。鏡に目の前で二人が母の作ったいちごジャムをたっぷりとトーストにのせ、かじった。鏡に映したような動作だった。

支度を済ませ、靴を履く。戸締りを確認してから、家を出た。もはや習慣のように、三人で駅まで向かう。

覚は棒つきキャンディを舐めながら歩いていた。歯を磨いたばかりでそんなものを食べて、と理が顔をしかめている。

特に会話はなかった。駅へと歩く途中、覚の携帯が鳴る。ポケットから取り出した覚は、鞄を小脇に抱えてキャンディを口から取り出した。そしてそれを、理に渡す。

黙って受け取った理は、そのままキャンディを口に入れた。まるでそうすることが当然かのように。

——二人だけの世界が、そこにあるように見えた。

疎外感《そがい》を覚えるなんてどうかしてる。そう思うのに、胸がざわめいてしまう。

どうも落ち着かず、黙々と歩く理と誰かと電話で話している覚を交互に見やった。

駅が見えたところで、覚の電話が終わった。理は無言で棒つきキャンディを口から出し、それを覚の口に押し込んだ。

二人には言葉など要らないのだ。——ひとつになりたかった。覚の言葉がまだ耳に残る。

やってきた電車に乗り込む。混み合った車内で二人に囲まれた。どうしてもどちらかに体が触れてしまう。

緊張が解けない多希とは違い、二人は何事もないように話を始める。学校絡みの会話に入ることはできず、多希は窓の外を眺めた。

曇っていた。建築中のマンションのシートが重たく見える。揺れに身を任せながら、風もない光景をただ眺めた。

今日の運転手は随分と乱暴で、駅に近づく度に酷い減速ショックに酔いそうになった。

「兄ちゃん？」

肩を軽く揺すられ、我に返った。二人がこちらを心配そうに見ていた。

「あ、ごめん。何？」

空とは違って曇りのない眼差しが、どうにも見慣れない。

「母の日のプレゼント、なんにしようかって話」

「何がいいかな」

そう聞かれ、ええっと、口を開く。

「母さんは月末に帰ってくるだろうから、その時に花でも……うわっ」

急ブレーキによろめいた体を、理が受け止めてくれた。密着した体勢に、胸が弾む。しかし理は、すぐに体を離してしまった。

「大丈夫？」

向けられた笑顔がよそいきのものに見えて、胸がざわめいた。

「うん、……ありがとう」

「で、プレゼントなんだけど、花もいいけど何か別のものも……」

母へのプレゼントの案を出している内に、ターミナル駅についた。

「じゃあ、行ってくるね」

ホームに下りた二人が、出口に向かって歩いていく。同じ制服の数人が、彼らに駆け寄っていった。

車内からその光景を見送る。無意識の内に、ため息が零れた。

いつも見ていた風景の輪郭《りんかく》がすべて滲んで、ぼんやりとしたものに見える。自分の外側に、一枚布がかかってしまったみたいだった。

そんな状態では仕事に身も入らない。目の前の仕事はこなすものの、気力が萎えていた。

仕事を定時に終えて自宅に帰ると、電気が点いていた。双子の両方、あるいはどちらかが帰ってきているようだ。

玄関脇の郵便受けには大きな封筒が入っていた。覚宛で、出版社からだ。それを手に家に入る。玄関で一度、深呼吸をした。

「おかえり」

リビングのソファに覚が寝そべり、テレビを見ながら携帯を弄っていた。

「これ、届いてたよ」

封筒を渡し、スーツの上着を脱いだ。ごく普通に振舞おうとしたものの、覚の顔は見られなかった。

「ありがとう。あー、今月号もう来たんだ」

覚は受け取った封筒を破るように開け、雑誌を取り出した。中をめくり、やがて探し物を見つけたのか近づいてくる。

「兄ちゃん、これ見て」

覚が雑誌を開いて見せた。それを受け取り、ソファに浅く腰掛ける。

「入賞した」

雑誌のコンテストだった。カラーの作品紹介ページに、覚の名前と写真が掲載されている。

夜の遊園地の写真だった。近くにある遊園地だろう。前に覚が撮影で行ったと、理が言っていた。

観覧車を中心に赤とオレンジの光が飛び回る、幻想的な一枚だ。技術的な面は分からないけれど、見ているだけでとても幸せな気分になれる写真だった。

「どう？」

ソファの横に座った覚の腕が、多希の腕に触れた。途端にびくりと身を竦めてしまう。

「ご、ごめん」

覚が傷ついたような目をして少し離れる。慌ててフォローしようとしたが、適切な言葉が見つからない。ネクタイを片手で緩めて視線をさ迷わせた。

「すごくいい写真だと思うよ。僕は好きだな」

慌てて取り繕うには、間が長すぎた。それでも覚はありがとうと言ってくれた。

「兄ちゃんにそう言ってもらえると嬉しい」

あどけないほど無邪気な笑顔を見せ、多希の手から雑誌を受け取る。

「俺はね、好きなものを撮っている時が一番幸せなんだ」

覚が呟いた。雑誌に目を落としたまま、だから、と続ける。

「兄ちゃんを撮れて、すごく嬉しかった。……でも安心して。もうあの写真のデータは全部、消したから」

そして覚は、唇を噛んだ。それからゆっくり口を開いた。

「だから、俺のこと嫌いにならないで。お願いだから、この家にいて。もう兄ちゃんがいない生活なんていやだ」

そこまでを早口で言った覚は、そこでごめん、と続けた。

重苦しい沈黙が多希を包んだ。謝られて胸が痛むのは、どうしてだろう。

どちらもぴくりとも動けない気まずい状態を打ち破ったのは、ドアが開く音だった。

「……どうしたの？」

入ってきた理が、多希と覚を見て訝《いぶか》しげな顔をする。

「今これ、兄ちゃんに見せてた」

覚が雑誌を軽く持ち上げた。理が覚の後ろに立ち、雑誌を覗き込む。

「今回も入賞か、すごいな」

ね、と理に同意を求められ、多希もぎこちなく頷いた。

「将来はそっちの方に進むつもりなの？」

「できたらそうしたいと思ってる。大学の写真学科に入れればいいけど、今の成績じゃ厳しいかな。俺は理のように賢くないから」

先ほどとは打って変わった明るさで、覚が肩を竦めた。

「勉強だけできてもどうにもならないよ」

理が唇を横に引いて首を振る。

「そんなことないって。兄ちゃん、理はこの間の模試でも全国上位だったんだよ」

二人はいつも通り、お互いのことをすごいと褒め合った。もしかすると、彼らはお互いの長所を自分に欠けた部分と思っているのかもしれない。ぼんやりとそう思った。

「そうだ、あとでリーダーの訳、教えて。明日当たる日なんだ」

覚が理の手を引いた。

「いいけど、たまには自分でやれよ」

「えー、だって俺、辞書引くの苦手なんだもん」

高校生らしい会話を繰り広げる二人のために、夕食を作ろうと立ち上がる。二人だけの世界に入り込めないことに、一抹《いちまつ》の寂しさを覚えながら。


双子が多希に触れてこなくなって、一週間が過ぎた。

これでいいはずだ。自分が望んだはずの平穏な日々がやっと手に入ったというのに、どこにいても、落ち着かない。家の中だけじゃなく、仕事をしている時でさえも、どこかに魂を置き忘れたかのようにふわふわとしていた。

虚《うつ》ろというのは、今の自分を指す言葉に違いない。目の前に一枚の布がかかったようになったまま、すべてのものに対する感覚が鈍くなっている。

いつもと同じメンバーで昼食をとっていると、母からメールが入った。来週には帰るという内容と近況報告で、最後に変わりはないかと書かれていた。

母は父と二人の生活が楽しいようだ。多希はそれを微笑ましく思いながら、こちらは何も心配ない、大丈夫だと返信する。

そう、何ひとつ問題はなくなっていた。だから自分は、堂々としていられるはずだ。それなのに、ボタンを掛け違えたようにしっくりこない。

その原因は分かっていた。双子がすっかり変わってしまったせいだ。

あのふしだらな関係がなくなれば、双子が昔のように仲の良い弟に戻ってくれると思っていた。しかし現実は違っていて、覚が多希にごめんと謝った夜から、二人はいっそう彼らだけの世界に閉じこもってしまった。

表面上は多希にも話しかけてくれるが、どこか距離を置かれているのが伝わってくる。

母が心配していたのは、これだったのか。今の二人は、彼らだけで世界を完結させている。そこに自分のいる余地はない。多希はもう、他人に過ぎないのだ。

二人のそばにいても、壁を感じる。胸が張り裂けそうに痛み、家に帰るのが辛くなった。

昨日は課長に誘われるまま飲みに行った。そこで家族の愚痴を聞かされ、逆に羨《うらや》ましくさえ思ってしまった。自分はもう、愚痴を言える家族さえ失っている。

「――ところで、戸川さん」

名前を呼ばれて顔を上げる。前に座っていた、総務の彼が口を開いた。そうだ、今は昼休みで食事中だった。

「寮はどうします？」

「あっ……」

そういえば、返事をしてなかった。今頃になって思い出した。

「しばらく実家にいることになりそうです。色々と話を聞いたのに、申し訳ない」

「別にいいですよ、それくらい。また何かあったら言ってください」

親しみのある笑顔を向けられて、ありがとうとお礼を言った。

みんなどうしてこんなに優しくていい人なのだろう。なんだか泣きたい気持ちになる。

情緒が著しく不安定だった。感覚を脳がうまく制御できていない。

何を食べても、味がしない。食感すら区別がつかず、呑み込んで初めてそれが硬いものだと気づき、目を白黒させてしまう。慌てて水を飲むと、周りの三人に笑いながら大丈夫ですか、と聞かれた。

昼食を終え、斉藤と席に戻ったのは、一時ちょうどだった。

仲の良い両親。自慢の弟。恵まれた仕事環境。何も不満はないはずなのに、満たされない。心に大きな穴が開いてしまったかのようだ。

営業成績をあげられなかった時に感じたストレスも、ここまで酷くはなかった。

手に入れた自由に馴染めず、神経をすり減らす。愚かな自分を笑い飛ばせばいいのに、それもできない。このまま、自分の気持ちが全く摑めずに歯噛みするしかないのだろうか。

残業後、自宅に帰る電車は混み合っていた。雨が降った直後で、じめっとした車内の不快指数は高かった。

多希が本を読んでいると、不意に尻のあたりに何かが当たっていることに気がついた。最初は鞄や傘かと思っていたが、揉むような動きをされて、手だと確信した。

冷や汗が滲む。男の手は、多希の体のラインを確認するように這っていった。そして尻を撫で回し始める。狭間を割り開く露骨な指遣いに吐き気がした。

触られたくない。誰だか分からない男の手なんて、もう気持ち悪いだけだ。他人の体温への嫌悪感から、全体に鳥肌が立つ。

勇気を出し、絡みつく手を払った。これでも追ってきたら、電車を降りてしまおう。

だがその手は、拍子抜けするほどあっさりと離れていった。

無意識の内に止めていた息をゆっくりと吐き、肩に入った力を抜いた。あまりにあっけなく離れたのが信じられずしばらく警戒していたが、男の手は二度と多希に触れなかった。

なんだ。最初から、こうしておけばよかったんじゃないか。

こんなに簡単に引き下がるなら、勇気を出してもっと抵抗しておけばよかった。顔も知らない男たちに翻弄された記憶を思い出し、顔をしかめる。

あの場面を見た時、理は怒った。彼にはきっと、多希が喜んで受け入れているように見えたに違いない。そして多希が、男の手に辱められることを好むと気づいたのだろう。

結局、自分がはっきりしないのが悪かった。導き出した結論にため息を吐く。じゃあどうすればよかったのか。混乱のあまり、脳が考えるのを拒否したのか働かなくなった。

駅に着く。家路を急ぐ人に押し流されるように改札を出た。

家と会社の往復だけの毎日は平凡で、とても直線的だ。この生活を、自分はあとどれだけ繰り返すのだろう。機械的に足を前へと運んでいる内に、家へと帰るのが怖くなってきた。

今夜もまた、あの家で双子は彼らだけの世界を展開する。そこに自分は必要ない。捨てられた子犬のように、二人の動きを目で追うだけだ。

家の中で、自分は本当に生きているのだろうか、と疑問を持つ時がある。特に双子のそばにいると、まるで自分がこの世に存在しないものになったような感覚に囚《とら》われる。

胸だけでなく、頭も重苦しくなっていた。二人を拒んだのは自分なのに、それを棚上げにする身勝手さが、我ながら腹立たしい。

闇雲《やみくも》に歩いていると、家の前を通り過ぎていた。それに気づいて立ち止まり、振り返る。

少し戻れば家だ。だが今は、帰りたくなかった。

そのまま目的もなく歩いた。そして辿りついた先は、あの公園だった。

何故、この公園に来てしまったのだろう。公園内を歩きながら、自分に問いかける。

二人に辱められた黄色のベンチの前に立った。

ここで二人に、人ではなく犬へと落とされた。その強烈な喜悦を思い出し、喉が張りつきそうなほど干上がる。

ベンチに腰掛け、両手で頭を抱えた。

今もなお、双子のことが大切で、好きだった。多希が嫌いなのは、彼らに快楽を与えられ、淫乱になる自分自身だ。

同性に惹かれるだけでなく、被虐で喜ぶ己の性癖を認めるには勇気がいる。だが一度それを受け入れてしまえば、歯止めが効かない自分はどこまでも堕ちていきそうで怖い。――だけどもし、こんな自分を双子が受け止めてくれるなら。そしてその関係を、周囲から隠し通せるならば。

あまりに都合のいい夢に、ため息が出る。なんだか急にすべてが、白々しいものに思えてきた。結局自分はただ、双子のそばにいたいだけだと気づいたせいだ。

どれくらいそこに座っていただろう。寒さを感じて立ち上がった。ここにいても何も解決しない。とにかく、勇気を出して家に帰ろう。

のろのろと来た道を戻る内に、どうしても確かめたいことが頭に浮かんだ。あれを見れば、今の自分が何を求めているか、はっきり分かるのではないか。

家の玄関を開けた瞬間、この家のにおいを感じた。花のように甘く、どこか淫靡な香り。その正体は分からないが、これを感じると、頭の芯が痺れてしまう。

リビングの電気は点けっ放しだったが、二人の姿はない。ダイニングテーブルに一人分の皿が残されていた。

階段を上がる。二人の部屋からは物音がしない。きっちりとしまったドアに拒絶された気分になり、項垂れたまま自室のドアを開けた。

フローリングの床に座り込み、ベッドの下、しまいこんだままの段ボールに手を伸ばす。中を開けて、中学の卒業アルバムを手に取った。

同級生の顔を見ても何も感じない。あんなにどきどきした経験が、過去の出来事に分類できていた。自分が封印してきたのは些細なことと思えるようになっていた。

カラーボックスに入れた封筒を取り出す。そこへ裏返しに入っているのは、覚がプリントした多希の卑猥な写真だ。強引に渡され、どうしていいか分からずにしまいこんでいた。見ようとめくったものの、反射的に目を閉じてしまう。それから一呼吸置いて、恐る恐る目を開ける。

「やっぱり……」

そこにいる自分は、決して嫌がっているようには見えなかった。むしろ、喜んでさえいる。だらしなく緩んだ唇から、今にも甘ったるい喘ぎが聞こえてきそうだ。

指先がじんじんと疼きだした。音を立てて息を呑む。食い入るように写真の中の自分を見つめる内に、呼吸が浅く速くなっていく。

――もっとされたい。

頭に浮かんだ願いが理性を侵食する。

こんな淫らな自分は、どこにいるべきなのだろう。どうすれば居場所は見つかるのか。いや、そもそも自分がいるべき場所などあるのだろうか。

「……幸せそうだね」

写真の中の自分に話しかける。うん、と返事があった気がした。それほどそこにいる自分は、満ち足りた表情をしていた。

他の誰でもない、あの二人だからこそ、すべてを委《ゆだ》ねられた。幸せだったのだと、今なら分かる。どんなに恥ずかしい目に合わされても、それを受け入れることができた。

血のつながらない兄弟で体をつなげることは、そもそも禁忌なのか。

自分に問いかける。本当の自分は、何を望むのだろう。散らかった心の中を整理していく。

世間体とかモラルというものは、本当に必要か？　もしそれを余計なものとして取り払えば、残るのはなんだろう？

何が正しくて、何が間違っているのか、もうさっぱり分からなくなっていた。思考回路がショートしてしまったようで、頬が熱くなり、額が汗ばむ。胸が苦しい。どうにか楽になりたくて、ふらふらと立ち上がる。一人ではおさまらない熱をもてあまし、廊下に出た。

自分には、ただひとつだけ、分かっていることがある。あの快楽が、欲しい。二人に嬲られ、呼吸さえ忘れてしまうような、あの激しい喜悦に溺れたい。

反対側にあるドアの前で立ち尽くす。耳を済ませても、物音はしない。

二人は今、何をしているのだろう。

引き返そう。駄目だ。でも。ドアをノックしようとして、手を止める。自分が分裂して葛藤していた。それでも手が動き、コン、とドアをノックした。沈黙。ごくりと音を立てて息を呑む。

この向こうにある、二人だけの世界が羨ましい。もし叶うならば、その中に入りたい。そして、三人で――。

ひとつになりたかった。覚の言葉の意味が、今なら分かる。自分もできるなら、ひとつになりたい。二人と溶けあいたい。

自分はパンドラの箱に手をかけようとしている。開けてはいけないと分かっているのに、いや分かっているからこそ、開けてみたくてたまらない。たとえその中にあるものが災いであったとしても、その誘惑に逆らうことは不可能だ。

再びノックをすると、中からドアが開いた。そこには理が立っていた。その顔を見た瞬間、喉がごくりと鳴る。どこかから甘い香りがして、頭の芯がくらくらと揺れだした。

ただじっと理の目を見つめていると、後ろから覚も顔を出した。

「おかえり。どうしたの、兄ちゃん」

二人が声を揃えて言った。

「僕を……」

二人がドア枠に手をつき、目を覗き込んできた。彼らの瞳に、まるで小動物のように震える自分が映っていた。罠に喜んでかかろうとする、愚かな獲物だ。

「……一人にしないで。僕も二人と、ひとつになりたい」

やっと口をついた本心に、目を閉じた。

顎に指がかかる。軽く持ち上げられて目を開けると、理の顔が寄せられるところだった。唇が重なる。表面を軽く吸われ、甘い痺れに包まれた。

だがすぐに唇が離される。突き放された気がして目を開けると、理と入れ替わりで覚が顔を寄せてきた。

今度は覚に唇を塞がれた。上唇の表面を舐められ、胸が高鳴る。もっと欲しくて、誘うように唇を開く。しかし覚も、すぐに離れてしまった。

どうしてやめてしまうのだろう。もっと欲しいのに。

二人の唇を見つめた。ちょうど反対の場所にほくろがある。それがどうにも艶かしくて、目が離せなくなった。瞬きすら惜しい。

「俺たちは一人で生まれてくるはずだったと、話したよね。俺は兄ちゃんを好きだけど、同じくらい覚も好きなんだ。でも俺たちは、お互いの体に欲情はしない。自分の体を見てるようで醒めてしまう」

「そう、全然興奮しないんだよね」

覚が肩を竦めた。

「でもね、兄ちゃんがいると、初めて体も覚とひとつになれるんだ」

理は喜びを隠せないように声を弾ませた。

「初めての時、感動したよ。理が感じてるのが分かって、俺までいっちゃいそうだった。カメラを持つ手が震えたもん」

覚がそう言って、右手を震わせてみせた。

「すごいシンクロだったな、あれ。俺も覚が感じてると気持ちよかった」

二人に抱かれた時、多希の体を介して双子が通じ合っていた感覚を思い出す。彼らはあの感覚を求めていたのだと、やっと分かった。

「それに兄ちゃんは、俺たちを区別しない。この意味、分かった?」

覚の問いに首を振る。前にも聞いたが、彼らの言う区別がどういうものか分からなかった。

「例えばね、俺たちに好きだと告白してくる人がいるとする。その人は理より俺が好きとか」

「覚より俺が好きと、言ってくるんだよね。それがわずらわしいんだ」

どちらか一方を好きになるのは、普通のことだ。しかし二人にその感覚はないらしい。

「俺たちは区別されたくないんだよ。どっちがどっちだっていい。生活するために名前がついているからそれに従っているだけで、実際にどっちが理で覚か、どっちが兄で弟かなんてどうでもいいんだ」

「父さんや母さんも服にイニシャルつけたりしてきたけど、そんなの必要ない」

二人が口々に言った。どっちがどっちの台詞なのか、もう分からなくなってくる。

「でも兄ちゃんは違った。俺たち二人を、本当に区別しないで受け入れてくれた」

「子供の頃からずっとそうだ。兄ちゃんが俺たちを誰かに紹介する時、二人とも弟だって言ってもらえて嬉しかったよ」

「そうそう。みんなやたらとどっちが上か下かなんて気にするけど、兄ちゃんだけは俺たちをただ双子として対等に見てくれた」

二人は出会った頃の天使のように無邪気な笑顔を多希に向けた。

「兄ちゃんのおかげで、俺は覚の兄という役割から解放された。平等になれたんだ、俺たち」

「そうだよ。俺も理の弟じゃなくて、兄ちゃんの弟になれて嬉しかった」

ありがとう、と二人が口を揃えて言う。

こんなことを考えていたなんて思わなかった。多希にはただ、二人を必要以上に区別する理由がなかっただけだ。多希にとって、二人は同じだけ愛しい存在だったから。

けれど想像よりも二人はお互いを求め合っていた。そして多希を通して初めて、何もかもひとつになれることを知ってしまった。

何かが胸の中にすとん、と落ちてきた。そうか、歪んでいたのは自分だけではなかった。二人もまた、多希とは違う意味で歪んでいたのだ。だからこそ、お互いの存在が必要なのだ。

「これからは兄ちゃんの好きなこと、いっぱいしてあげる。だからずっと一緒にいようね」

覚が無邪気に微笑む。

「……ずっと？」

その一言が、多希を落ち着かない気分にさせた。本当にずっと、二人のそばにいてもいい？

「僕なんかで、いいの？　だって僕は……たぶん、本当に淫乱なんだ……」

誇れるものがないばかりか、淫らな性癖を持つ自分を、本当に二人は愛してくれるのだろうか。

「違うよ、兄ちゃん。兄ちゃんじゃなきゃ駄目だ」

「他の誰も、兄ちゃんの代わりにはなれない」

「淫乱がいいんだよ。俺たちも兄ちゃんを苛めるの、大好きだから」

そこまで交互に言い、最後は二人の声が重なった。

「安心して、全部任せて」

眩しいほどの笑顔を向けられ、胸が高鳴る。夢みたいだった。こんな風に誰かに求められたのは初めてで、胸がいっぱいになる。

けれど、二人の腕に飛び込むにはまだひっかかりがあった。

「でも…こんなこと、母さんたちにばれたら……」

この関係を知れば傷つく人がいる。それが多希を足踏みさせていた。

「ばれないように、秘密にしていこう」

「言わなければ疑わないよ。だって俺たちは、兄弟なんだから」

二人はまた交互にそう言って、多希に微笑む。秘密。その言葉の響きが、多希を魅了《みりょう》した。

笑顔で嘘をつける今の自分なら、隠し通せるかもしれない。淡い期待が多希の背中を押す。

「おいで、兄ちゃん」

理が右手を取った。

「三人で、ひとつになろう」

覚が左手を取る。あまりに甘美な誘いに、多希は自分の中でスイッチが入るのを感じた。ひとつになりたい。三人で。その欲望に突き動かされる。

そのまま左側のベッドまで、一歩進む度にキスをした。唇が痛くなりそうなほど、何度も。

三人で服を脱がせあう。六本の腕が絡まり、何がなんだか分からなくなった。

すべてを脱ぎ捨て、膝立ちになるよう促される。覚の肩に手をついた。

「あぁ……」

性器が覚の口内に招き入れられる。先端から蕩けてしまいそうなほど気持ちいい。

「んっ……そこ、だめっ……」

くびれの裏側を舌でちろちろと舐められる、腰の奥が疼きだした。欲望のままに腰を揺らしていると、後ろの窄まりを理の指で暴かれた。

指を抜き差しされ、腰が揺れる。そうすると覚の喉奥まで性器を突き入れてしまう。

上目遣いをした覚と目が合った。そのままゆっくりと引き出されて、腰が砕けそうになる。

唾液に濡れた性器はひどく卑猥だ。それを頬張ってくれる覚が愛しすぎて胸が痛む。

「……いや、……そんなとこっ……」

後孔にぬめる感触がねじ込まれる。それが理の舌だと気づき、息が苦しくなった。理はそこに舌を差し入れ、ゆっくり中を湿らせていく。そのねっとりとした舌遣いがたまらない。厚みのあるそれが引き抜かれると、追いかけるようにそこが収縮した。

「あっ、やっ……」

後孔に舌を抽挿され、腰が揺れ出した。傍若無人《ぼうじゃくぶじん》に暴れ回る舌にそこを解される。後ろからも前からも責められ、膝が笑った。

覚の口内であやされていた性器は、あまりの気持ちよさに溶けてしまいそうになっていた。

「もっ……立ってられない……」

舌足らずに訴えると、理の腕が腰に回された。おいで、と優しく耳に囁かれる。

ベッドに胡坐《あぐら》をかいた理の上に後ろ向きで跨り、正面に座る覚に体を支えてもらった。

ゆっくりと理の熱を受け入れながら、覚と舌の付け根が痺れるようなキスをする。

欲望を根元まで埋めた理が、入口まで引き抜き、縁をめくっては戻した。気に入ったのか、理はその動きばかりを繰り返す。

「やっ……、いい……、もっと……奥を突いて」

小刻みに熟れた内襞を擦られ、もっと欲しいと窄まったところを、奥まで貫かれる。肌と肌がぶつかる音が耳を犯した。

容赦ない突き上げにバランスを崩し、覚の肩に左手を置く。小さく笑った覚が啄ばむようなキスをくれた。右手をとられ、彼の性器へと導かれる。すでに大きくなったそれを握ったただけで、喉がはしたなく鳴ってしまった。

「かわいいね、兄ちゃんは」

理の手が尻の狭間にかかり、ぐっと割り広げられる。後孔を露出させられ、そこに強く打ち込まれた。

「ここをかわいがられるの、好きだよね」

弱い場所を突き上げられ、意識が眩んだ。そのまま達してしまいそうな強烈な感覚だった。体を揺らしていると、理が腰を引く。締めつけを振りきって抜け出た彼を追いかけるように、腰を後ろに突き出した。

「あっ、……もっと…きてっ……」

理のグラインドに合わせて体をくねらせる。後孔で彼の欲望を扱いてみせると、それが質量を増すのが分かった。理もまた感じてくれている。そう思うだけで、全身が喜びに震えた。

「生えかけはちょっと痛いね。また剃っちゃおうか？」

覚の手が下腹部をまさぐっていた。ちくちくと存在を主張するそれが気に入ったのか、何度もそこを指で確認される。

「ん、剃って……」

口にした途端、体が発火したように熱く昂った。なんてはしたないことを願っているのか、自分の淫らさに呆れてしまう。

「じゃあ今度、剃ってあげるよ。こうやって繋がったまま」

「動けないように拘束《こうそく》して、ここを丸見えにして」

「何も隠せないようにしてあげる」

「して欲しいでしょ、兄ちゃん」

二人に交互に言われると、それが何か特別な呪文のように感じた。

彼らが望むことは、すべて自分が望むことだ。この体はもう二人のものなのだから。

とことんまで堕ちてみたいという破滅願望が、多希を動かしていた。

「して。なんでも、して……」

二人がサディスティックな色を濃くした眼差しを向けてくる。彼らは心に潜んでいた嗜虐心を目覚めさせてしまった。一度表に出たそれは、二度と眠らせることはできないだろう。被虐の悦びを知った多希が、その炎に焼かれなければもう満足できないように。

それならば、自分がすべてを受け止めよう。彼らが望むことは、全部。

胸の重石がすっと消えた。なんだ、簡単じゃないか。自分は二人を受け入れ、喜ばせればいい――。

「剃るのは後でね。今はもっと気持ちよくしてあげるから」

こめかみから眦、鼻、そして唇へと覚が触れるだけのキスをした。彼はいつも優しく多希を見つめてくれていた。それが愛情だと、どうして気がつかなかったのだろう。

「そろそろいいかな」

多希の内腿を撫でながら、理が覚に問いかける。

「そうだね。じゃあ足を持ってて」

理の手が膝裏にかかり、限界まで足を開かされた。その間に身を置いた覚が、舌なめずりしてから多希を見上げた。

「すごいね、理を嬉しそうにしゃぶってるよ」

「や、見ない、で……！」

つながった部分を撫でられ、眉を寄せる。

「ふぁ……なに……？」

覚の手にはいつの間にかローションのボトルがあった。彼はそれを、多希と理がつながった部分に垂らした。後孔が滴るほどのローションで濡らされる。理が少し動いただけで、くちゅくちゅと水音がした。

「これ、気持ちいいな」

腰骨を摑んだ理が腰を回した。

「だろ？　っと、これくらいでいいかな」

覚は自分の指にローションのぬめりをまとった。その指で、張り詰めた縁を撫でられる。

「ひぃっ」

指がゆっくりと入ってきた。理の屹立に沿うように埋められ、その違和感に眉を寄せる。

更に覚は、右手で多希の蜜袋を揉みはじめた。

「うわ、ぱんぱんになってる」

「あぁ……ん、そこ、くすぐったい……」

身をよじると、理が小さく呻いた。逃げかけた体を引き寄せられ、そのタイミングで覚に指を増やされた。

二本の指で中を探られ、体がこわばる。だが覚は構わず指を突き入れてきた。

「大丈夫だから、暴れないで」

理の手が胸元を撫で回す。胸の突起を中心にくるくると指を回され、その焦れったさに身悶える。

乳首を目立たせるように摘まれた。そこに覚が顔を寄せる。

「やっ、……そんな、だめっ……」

乳首とそこに絡んだ理の指ごと、覚が口に含んだ。敏感な場所を指で摘まれ、その先端を舌で濡らされる。そこが感電したみたいになり、その甘美な痺れは足裏まで一気に伝わった。

覚の頭を抱えて喘いでいると、更に指が入ってきた。

理の屹立を咥えこんだ最奥に指を三本入れられ、かき回される。なんの前触れもなく理に突き上げられて、ひぅっと短い悲鳴を上げた。

「力を抜いててね」

覚に足を持ち上げられても、何をされるのか分からなかった。

後孔から指が引き抜かれる。陵辱に緩み柔らかくなっていたそこに、熱く濡れたものが押し当てられた。

「いくよ、兄ちゃん」

覚が体を押しつけてくる。やっと覚の意図に気づいた多希は、目を見開いた。信じられない。覚はすでに理を受け入れている後孔に、自分のそれを突き入れようとしているのだ。

「覚、やめて……！　やだ、む……り……」

そこにはもう、理がいる。それなのに覚は、多希の足を抱えて体を押しつけてくる。

最奥が更に大きく拡げられていく。そこから体を裏返しにされてしまいそうな恐怖に、背筋が震えた。

「力を抜いてて」

後ろから理に貫かれたそこに、強引に覚が性器を差し入れてきた。縁に手をかけ、先端をもぐりこませると、徐々に中へと入ってくる。

燃え上がりそうに熱かった体が、一気に冷えた。同時に二人は無理だ。体が壊れてしまう。冷たくなった指に力をこめ、覚の肩に爪を立てた。

「いっ……た、や、やめっ……！」

それでも覚は腰を進めた。めりめりと音を立てて入ってくるそれが、信じられない圧迫感をもたらす。

理の手が額に置かれ、大丈夫だから、と囁かれた。宥めるように首筋を撫でられ、頬に啄ばむようなキスを受ける。だがそれで体を引き裂かれる恐怖が薄れるはずもなく、多希は必死で首を横に振った。

「だめ、む、りっ……」

急激に熱を失った体を、二人が抱きしめてくれる。

「ううっ」

内臓が押し上げられる。口を両手で覆う。そうしないと、何かが飛び出してきそうだ。

「うわ、きつっ……」

覚が苦しげに唸る。

「兄ちゃん、息を吐いて」

理に宥められても、そんなに簡単に呼吸が整うはずもない。

最奥から体が裂かれていく痛みから逃げ出そうと、不自由な体を精一杯突っ張らせた。

だが肩に手を置かれ、ぐっと下に引かれる。

「ひぃっ……」

覚のくびれまでを呑み込む。その熱さに押し出されるように、悲鳴が喉から迸った。

抵抗することにも疲れ、理に背を預ける。体の内側で、二人の欲望が脈打つのが分かった。

「全部入ったよ」

「……嘘、だ……」

絶対に無理だと思っていたのに、そこは二人分の性器を受け入れてしまっていた。信じられないほど拡がったそこから、疼くような痛みと熱を孕んだ痺れが這い上がってくる。

覚の指が、皺がなくなるまで引き伸ばされた窄まりの縁に触れた。

「いやっ……触らない、で……」

そこはひどく敏感になっていて、指が触れただけでも体が跳ね上がってしまう。

「どうだ？」

理が肩越しに下肢を覗き込む。その拍子に埋められた楔の位置が変わり、鈍い痛みが腰の奥を疼かせる。

「切れたりはしてないよ。うん、大丈夫そう」

覚はそう言って手を離した。そして中途半端な状態になっていた多希の欲望を、手のひらで包み込むように愛撫した。

「ひぃっ……やっ……ううっ……」

閉じられなくなった唇から、ひっきりなしに声が零れた。覚の手淫《しゅいん》は巧みで、多希の性器はすぐに力を取り戻した。輪になった指で扱かれると、とてつもなく感じてしまう。

蜜口からだらしなく体液を零しはじめ、軸を伝って肌を濡らした。

体中のすべての栓《せん》が緩んだみたいだ。このまま、体の中からすべて流れ出てしまったらどうしよう。だらりと力が抜けた体を、理が後ろから抱きしめてくれた。

「すげぇ、溶けちゃいそうだ」

覚の上ずった声が耳を通り抜ける。

顔中に二人のキスが降り注いだ。多希の呼吸が落ち着くまで、二人はそうしていた。

時々、戯れるようにお互いの唇を啄ばみながら。

「っ……や、うごか、ないでっ……」

後ろから揺さぶられ、前から突き上げられた。容赦ない抽挿に頭を打ち振る。

痛みと快楽は紙一重だ。それを教えた二人は、多希に更なる悦楽を与えるよう動き出した。

「あうっ」

柔らかくなっていた粘膜を擦られる。痛くて苦しいのに、気持ちいいと感じてしまう。

この体はもう、二人に作り変えられてしまった。辛さや痛みまでも、快楽に変換するように。

「やっ、大きすぎっ……」

そう訴えながらも自ら体を揺らす矛盾の意味を、考える余裕などなかった。眦からは涙が零れ、頬を伝う。

「いい、そこ、もっと……」

弱みを強く抉られる。覚に抱えられた足が、彼の動きに合わせて揺れていた。

「すげぇ、柔らかいのにめちゃくちゃ締まってる」

覚の呻きに、理が同調する。

「兄ちゃんに引きちぎられそうだ」

粘膜を擦られ、好き放題にかき回された。ぐちゅぐちゅと卑猥な水音が聞こえてくる。それを歓迎した内襞が収縮し、二人を更に喜ばせた。

「んっ、いい……気持ちいい……」

代わる代わるだったり、同時だったりと、二人の動きは予想ができなかった。荒波に放り出された船のように翻弄される。寄せては返す快楽の前では、多希はただ声を上げ続けることしかできなかった。

ふわふわと浮き上がりそうな体をつなぎとめる楔が、同時にずるりと引き抜かれた。窄まりからも出て行ってしまいそうで、驚いた粘膜が引きとめようとひくついた。

浅い場所をくちゅくちゅと音を立てて穿たれ、背をしならせる。どちらかの欲望が、多希の弱みを集中的に擦り上げた。

「や……んっ、すごいよぅ……」

弱点を責めたてられ、そこがぎゅっと収縮しようとする。しかし二人分の熱を受け入れたそこは窄まることができなくて、ひくひくと痙攣した。

「兄ちゃん、俺と理が中で擦れてるの、感じる？」

そう言われた瞬間、体の中に電流が走った。そうだ、二人は多希の体内で、ひとつになっているのだ。

こみあげてきた愉悦に、脳まで痺れてしまう。気持ちいいという次元を飛び越えた、神経を直接わしづかみにされたような衝撃に酔った。

「ひっ……ん、分かる、分かるから……早くっ……」

「早く、どうして欲しいの？」

理が耳朶を噛みながら問う。軽く歯を立てられ、その鈍い痛みがまた心地よかった。

「擦って、……抉って、もう……無茶苦茶にして」

覚の体にしがみつく。理がかじりつき、耳の中まで舐められた。

「すげぇ、やらしい」

覚が呻き、多希の足から手を離した。その足を覚の体に絡め、体を密着させようとする。そこに理が手を入れてきて、胸の突起を指で摘まんだ。

「あっ……」

零れた吐息さえ、快感に彩《いろど》られていた。もう何をされても感じてしまう自分は、どこかおかしいのかもしれない。

「うっ……やっ、んんっ……」

口から零れた唾液が顎を伝う。それを啜ったのがどちらなのか、もう分からなかった。

二人のリズムに合わせて揺さぶられる。窄まりを余すことなくこじ開けるそれが愛しくて、少しでも離すまいと必死で締めつけた。

理の手は乳首を弄り続け、覚の手は多希の欲望へと伸ばされた。色んな場所を一度に刺激され、どこが気持ちいいのか分からないほどの快楽に溺れていく。

「んっ……」

理と覚が唇を重ねていた。多希を挟んで、熱を分け合うように舌を絡めている。

それはとても美しく自然な姿だった。ひとつになりたいという二人の願いが伝わってくる。こみ上げてくる愛しさが、多希の体を燃え上がりそうなほど熱くした。

「兄ちゃんもほら、舌を出して」

覚に誘われ、おずおずと顔を寄せる。

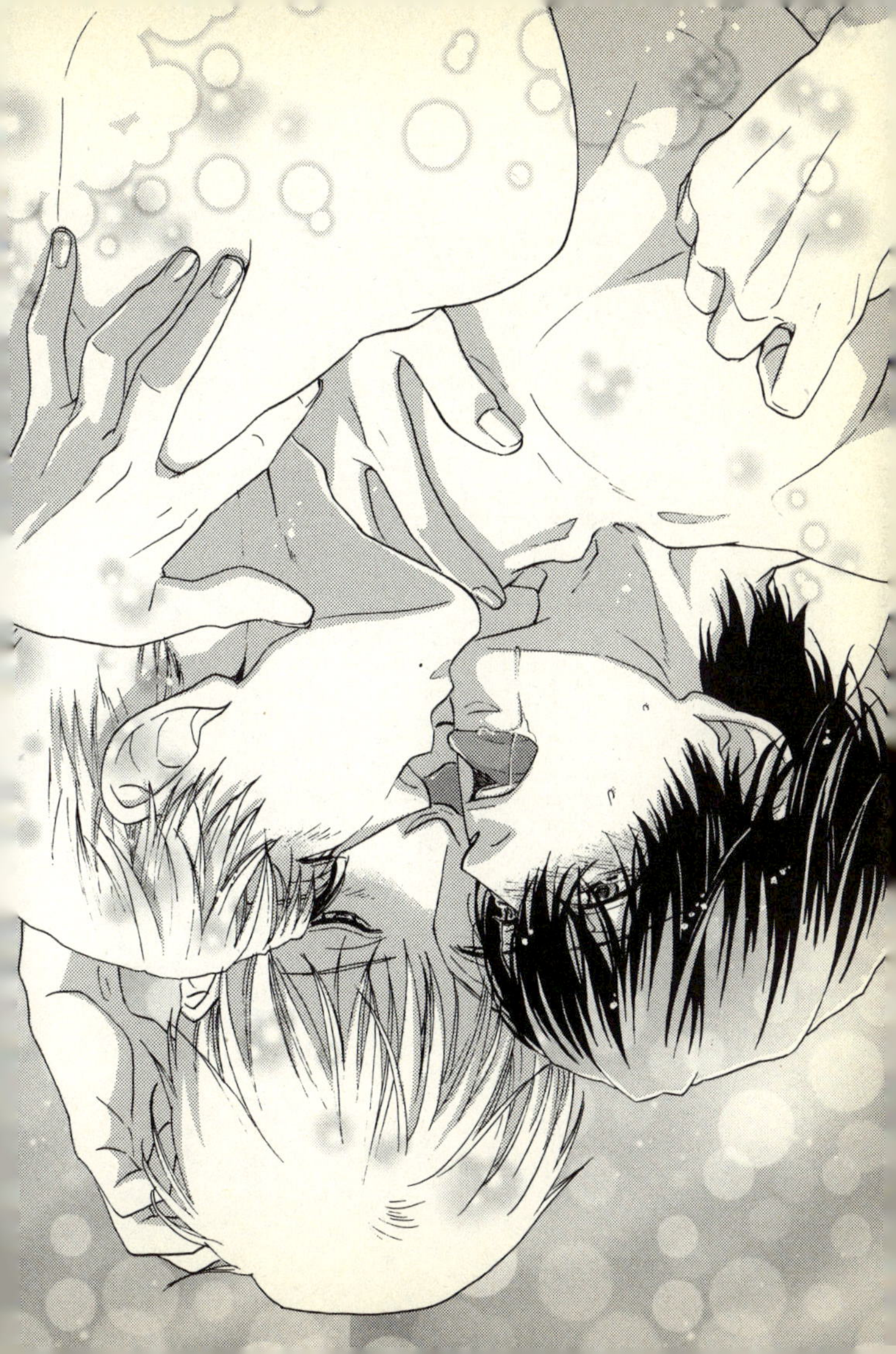

この世界に、自分も入れてくれるのか。期待を胸に、そっと舌を伸ばす。

「んっ……」

花の蜜を求める蝶のように、二人に吸い寄せられていく。舌を突き出し、二人のそれを舐めた。

どこからどこまでが誰なのだろうか。三人で混ざりあってしまったようで、すべてが混沌としていく。これが、ひとつになるということだ。双子が、そして多希が望んだのはこれだった。――なんという幸せだろう。うっとりと目を閉じる。

世界が揺れていた。自分がばらばらに砕け散りそうになり、覚の背に爪を立てた。

「あっ、やっ、深すぎ……」

閉じられない唇から、蕩けきった喘ぎが零れる。

誰かがどこか遠くで、もっととか気持ちいいとか叫んでいる。男の精液が欲しいという叫びが耳を犯す。欲望に忠実で、理性などかけらもない、淫猥な響きだ。

その声が自分のものだと気づいた時、目の前に閃光《せんこう》が走った。体中の血液が一箇所に集中し、そのあまりの勢いにぶるぶると足が痙攣した。

「っ……も、いくっ……」

昂った性器の中を、熱が駆け上がる。体に力が入り、受け入れた二人の欲望を締めつけた。

突き落とされ、引き上げられる。その強烈な感覚に引きずられ、一気に熱を放った。放出は長く強烈で、多希は閉じられない唇から唾液を溢れさせて声を上げ続けた。

痙攣する体を、二人に抱きしめられる。世界がぐにゃりと歪み、目の前が白く光った。

――兄ちゃん、と呼ぶ声がする。

子供の頃、両側から二人に手を握られた時に幸せを感じた。そして今、二人は多希を抱きしめている。多希を通じて、ひとつになっている。

目を開ける。まだ体をつなげたままで、二人が心配そうに顔を見つめていた。

「僕は……、ここにいても、いいんだよね」

呟きに、髪を撫でてくれていた覚が手を止めた。

「他のどこに行くつもりなんだよ」

彼は怒ったように言い、理に同意を求める。

「そうだよ。兄ちゃんはずっと、俺たちのそばにいればいい」

自分の居場所は、ここにあったんだ。よかった。ずっと向き合えなかった己の歪みを受け入れ、多希は晴れやかな気持ちで頷いた。

「何も心配しなくていいからね」

「俺たちがちゃんと、幸せにしてあげるから」

そう言って二人は、誓うようなキスをしてくれた。

蕩けそうな法悦に包まれる。このまま、自分が全部溶けだしてしまいそうだ。

二人がゆっくりと動き出した。だらりと伸びていた手を覚が摑み、自分のそれとつなぐ。その上から、理の手が重なった。

三人でなら、どこまでも堕ちていけるだろう。たとえこの先が、愛欲《あいよく》に狂った地獄《じごく》であっても構わない。二人と共にいられるならば、すべてが悦びに変わるはずだ。闇の中に差し込む光のようにまばゆく魅力的な期待を胸に、多希は目を閉じた。

あとがき

はじめまして。またはこんにちは、藍生有《あいおゆう》と申します。花丸文庫さんで初めての本となる「禁忌を抱《いだ》く双《ふた》つの手」を手にとっていただき、どうもありがとうございます。

今回の話は、ずっと前から書きたかった「双子攻」です。ラストも最初からこれだと決めていました。ですが発行のあてはなくただ脳内で萌えていたら、担当さんからＢＬＡＣＫレーベルのお話をお聞きしました。

これはチャンスと恐る恐るプロットを提出したところ、ＯＫのお返事が。提出しておいてなんですが、このプロットが通るとは思いませんでした。ＢＬＡＣＫさんは懐の深いレーベルです。

それから私の都合で発行まで一年弱もかかってしまいましたが、なんとかこの本をお手元に届けることが出来てとても嬉しいです。

初稿の段階では、リミッターが外れていたようで色々とやりすぎました。どうやら私は剃毛《ていもう》が大好きらしく、同じようなシーンを書いていて収拾がつかなかったんです。一体、どれだけ剃れば気が済んだんでしょう。自分が謎です。

更にHシーンを書くのも大好きなため、枚数もオーバーしていました。まとめて削ってやっとこの形になった次第です。欲望のまま暴走せず、バランスを意識できるようになりたい今日この頃です。


イラストは鵺《ぬえ》先生にお願いいたしました。

キャララフでは多希《たき》のかわいさに幸せな気持ちになり、双子の姿にノックアウトされました。優しくて残酷そうな双子、最高です。

表紙のラフを拝見した時は、あまりの美しさにうっとりしました。麗しい表紙のおかげで、本文も華やかに感じていただける気がして嬉しいです！

お忙しい中、素敵なイラストをどうもありがとうございました。


担当様。

小説花丸さんで新人賞をいただいてから、早いもので数年が経ちました。その間、不甲斐ない有様だった私を見捨てないでくださったことに感謝します。

今回も色々とご迷惑をおかけしました。まずはちゃんとしたプロットを作れるようになりたいです。精進しますので、ぜひまた剃毛を……！

そして、この本を読んでくださった皆様。

ここまでお読みいただき、ありがとうございます。少しでも萌える部分があったり、楽しんでいただければ幸いです。

細々とですが同人誌活動もしております。興味を持たれた方は、返信用封筒を同封の上で奥付までお問い合わせください。

ご意見・ご感想などもお寄せいただけるとありがたいです。

それでは、またお会いできることを祈っております。

二〇〇八年　師走　藍生　有
http://www.romanticdrastic.jp/

作家・イラストレーターの先生方へのファンレター・感想・ご意見などは
〒101-0063東京都千代田区神田淡路町2-2-2
白泉社花丸編集部気付でお送り下さい。
編集部へのご意見・ご希望などもお待ちしております。
白泉社のホームページはhttp://www.hakusensha.co.jpです。

花丸文庫 BLACK

禁忌を抱く双つの手

2009年2月25日　初版発行
2010年6月10日　4刷発行

著　者　藍生 有

発行人　酒井俊朗

発行所　株式会社白泉社
〒101-0063 東京都千代田区神田淡路町2-2-2
電話 03(3526)8070[編集]
電話 03(3526)8010[販売]
電話 03(3526)8020[製作]

印刷・製本　株式会社廣済堂
Printed in Japan　HAKUSENSHA
ISBN978-4-592-85044-1

定価はカバーに表示してあります。

●この作品はフィクションです。
実在の人物・団体・事件などにはいっさい関係ありません。

ユメをカタチに。

花丸新人賞作品募集 小説部門

✿上位作品は必ず雑誌掲載または刊行！

✿全作品の批評コメントを小説花丸に掲載！

✿新鮮度優先の「特別賞」つき！

賞金	
入選	30万円
佳作	15万円
選外佳作	5万円
奨励賞	3万円
ベスト7賞	7千円
特別賞	1万円

（ジャンル・テーマやキャラクターなどに、新鮮な魅力があった作品に差し上げます）

◇応募方法　他◇

●未発表のオリジナル小説作品。同人誌・個人ホームページ発表作品も可。他誌で賞を取った作品は応募できません。テーマ、ジャンルは問いませんが、パロディは不可。読者対象は10～20代の女性を想定してください。●原則としてワープロ原稿でお願いします。枚数はB5またはA4の用紙（感熱紙はコピーをとってコピーの方をお送りください。）に20字×26行を1段として、24段以上無制限。印字はタテ打ちで字間・行間は読みやすく（字間よりも行間のほうを広く取ってください）1枚の紙には3段までとし、20字×2000行以上の小説には400字程度のあらすじをつけてください。●原稿のオモテ面のどこかに通し番号（ノンブル）をつけて、ひもやダブルクリップなどで綴じておいてください。●簡単な批評・コメントをお送りします。希望の方は80円切手を貼って自分の住所・氏名をオモテ面に書いた封筒（長4～長3サイズのもの）を同封しておいてください。

◇重要な注意事項◇

整理の都合上、1人で複数の作品応募の場合は1つの封筒に1作品のみを入れてください。また、過去に花丸新人賞に投稿した作品のリメイク（書き直し）及び続編作品はご遠慮ください（なるべく新作を）。他誌の新人賞に投稿した作品は、必ず審査結果が判明した後に応募してください。1つの作品を同時期に募集している2つ以上の新人賞に投稿するのは絶対にやめてください（事情によっては入賞を取り消すこともあります）。ご記入いただいたあなたの個人情報は、この企画以外には使用いたしません。●あて先／〒101-0063 東京都千代田区神田淡路町2-2-2　白泉社　花丸新人賞係（封筒のオモテに「小説部門」と赤字で明記してください）●しめきり／年4回●審査員／細田均小説花丸編集長以下花丸編集部●成績発表／小説花丸誌上●応募要項／作品タイトル・ペンネーム（フリガナ）・本名（フリガナ）・年齢・郵便番号・住所（フリガナ）・電話番号・学校名または勤務先・eメールアドレス・他誌投稿経験の有無（ある場合は雑誌名・時期・最近または最高の成績）・批評の要・不要及び編集部への希望・質問を原稿の第1ページ目のウラに書いてください。●受賞作品はその際は規定の原稿料・印税をお支払いします。また、受賞者への賞金は結果発表号の発売日から1か月以内にお支払いする予定です。●イラスト部門もあります。最新の情報は小説花丸、白泉社Web内の「ネットで花丸」をご覧ください。